杉浦啓太

僕の神経細胞

パーキンソン病歴二〇年の元毎日新聞記者の手記

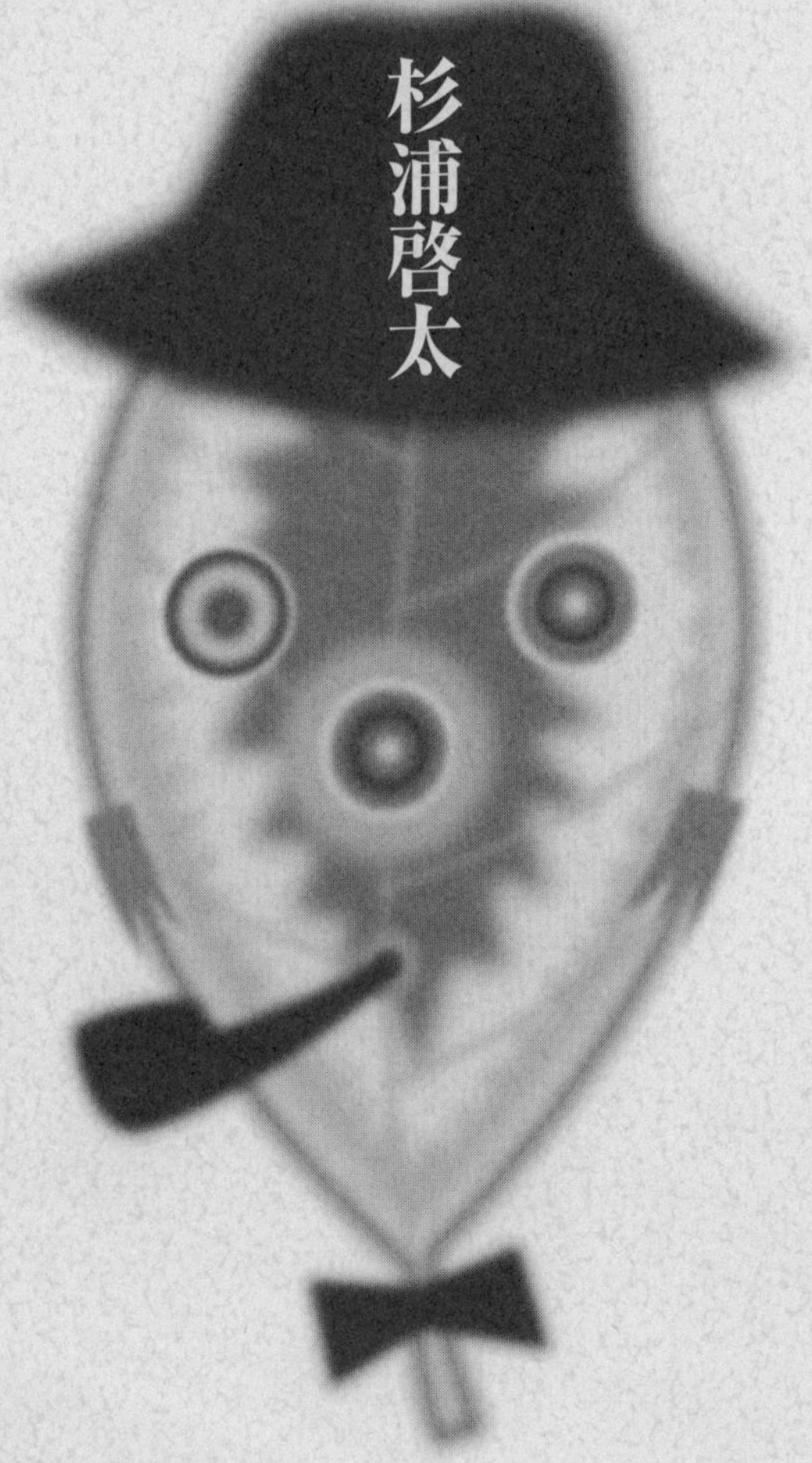

三和書籍

はじめに

この本は、現在我々が相対している超高齢社会で増えつつある進行性の難病、パーキンソン病の実情、患者生活などについて、実際に患者でもある筆者がまとめたものである。

パーキンソン病という名前については知らない人はいないだろう。誰もが知っている病名であろうが、同病の中身、実態については、怖い病気というほか詳しく知っている人はいないというのも現状ではないか。加えてパーキンソン病は今の医師や看護師のあいだでも判断が難しい病気ではないかと思った。パーキンソン病に対する知識、理解、という点では医師も患者もそう大して変わらないと、医療界などを見ていると僕は感じる。したがって患者は医師に治療一切をまる投げするのでなく、特に自分の生活の質の確保などに関しては、自分でデザインしてみることが必要だろう。

僕は現在六十歳。三十九歳でパーキンソン病と判定された。この間、患者になって分かったことは、パーキンソン病は健常者が考えるほど単純ではなく、むしろ意外なほど多様性に富むということだ。症状は個人差があって一口で言いにくい。パーキンソン病と分かった当初、僕はその事実を隠そうとした。それは自分に対する直接的評価につながり、これから行おうとしていることの邪魔になりはせぬかと考えたからだ。

しかしそんな考えに呪縛されていたのでは仕方のないことを知った。まず、自らの体験を語ることから始めなければならない。

なお、本書は、環境新聞社発行の福祉新聞、『シルバー新報』に現在掲載中のものに加筆し、書き下ろし分を新たに加えたものである。

僕の神経細胞・目次

第二部

第三部

第一部

第一部

パーキンソン病の最初の報告

一八一七年、英国・ロンドンの内科医・ジェームズ・パーキンソンが、六十二歳のときに「振戦麻痺に関する小著」という小冊子でこの病気を報告した。最初は文庫本程度の小さな本だったが、六人の患者の症状が発表された内容は、今日でもほとんど通用するほど正確なものといわれている。

パーキンソンは七年後の一八二四年に亡くなったが、フランスの高名な神経学者であったシャルコーが内容の重要性に気付き、一八九〇年代になって病名を報告者の名前からパーキンソン病と名付けた。二十世紀に入ってパーキンソン病で亡くなった患者の脳の観察や臓器を詳しく調べた結果、新しい知識も加わった。

同病の大きな症状としては、手足の震え（振戦）、関節が硬くなる（筋固縮）、動きづらい（無動）、バランスが保てなくなる（姿勢反射障害）という四大症状があり、多くの場合体の片側から症状は始まるという。さらに症状はごく日常生活に近い部分から出現するので、その分生活機能が失われるため患者の落胆は大きく、家にこもりがちになる。

このため、街ではあまり患者を見かけることはないが、実際にはパーキンソン病患者は街へ出て他人の視線を意識したほうが、脳内のドーパミンの産生にもよい。今の超高齢社会では一〇〇〇～二〇〇〇人に一人の患者がいるという。

James G Parkinson
英国 1755－1824

得体の知れぬ不定愁訴

忘れもしない、あれはおよそ二十年前の夏休みのこと。当時、僕が悩んでいた妙な左肩のだるさや潤滑油が切れたような関節の動きは、僕がすでに進行性の難病、パーキンソン病にかかっており、体の不調はその症状と分かった。真夏の日差しが朝から照り付け、時折そよと吹く風の動きに、ジッとたたずむ何の変哲もない街路樹の葉の緑が一瞬眩しいほどにキラキラと輝いていたのを、僕は今でも思い出す。

僕は、そのころ、十三年間記者生活を送った毎日新聞社を辞め東京の医療系出版社に勤めていたが、時折襲われる肩のだるさや関節の違和感は、それまで経験したことのない感覚だった。気になったので、すでにいくつかの病院や医院で調べてもらっていたが、原因の真相究明は脳にまで至らず、いずれも的外れだった。その違和感たるや静かな身体の奥深くから軍靴のように次第に音を上げ、訳のわからぬパーキンソン病の症状が顕在化してくるのを暗示しているようにも思われた。

近年、医療判断の正しさを保証するため科学的根拠のある医学・医療ということが言われているが、私の体験から言うと、今だに底をさらえば医学的判断には当たるも八卦、当たらぬも八卦といったところがある。

例えば、私は大学受験生時代、ほかの末梢神経が再生しても哺乳動物の中枢神経については絶対に再生しないと教えられたが、この常識がいまやひっくり返され、間違いとされたのである。十九世紀以来の呪縛である「神経細胞は絶対、再生しない」という考え方からようやく医学界は解放された。

このように、科学が進歩するなかで、医学の確実な科学的根拠となると、危ういものがまだある。

パーキンソン病と診断

今回は妻の実家近くの病院で、西洋医学の手法の筋力・瞳孔検査・薬のＬ－ドーパなどを使った徹底した検査で、僕の感じる不定愁訴の真の原因がパーキンソン病と分かってきたのである。

その日、病名を僕に告知するのに医師は正面に向き合うと、まず頭をペコリと下げた。「残念ながら、貴方の病気の進行は今のところ現代医学では食い止められない」とでも言いたげな表情をうかべると、こちらの心中を察してか、「食事制限が必要な生活習慣病の糖尿病よりはまし。それに六十五歳くらいまでは生きられるだろう」と僕の病の一般的な今後の進み具合を説明したあと、僕が治療を受ける病院として虎の門病院（東京）を紹介した。

その夜、僕は知人と岡山市内で飲んだが、帰り際に知人から「なんだ、覚束ない足取りだな。大丈夫かい」と指摘され、僕の症状が第三者にもすでにはっきりと分かるようになってきていることに気づいた。

この時点で僕が気にかけたのは、この病気を周囲に公表すべきかどうかということだった。当時、僕は二十一世紀の超高齢社会を見据えたこれまでにない社会保障関係の出版物を、中心になってつくることになっていた。この仕事は僕がぜひやりたいと思っていた仕事だった。

こんなわけだったので、「どうせ病気のことを話しても驚かれるだけだろう。トップを除き、しばらくは誰にも話さず黙っていよう」、これが僕の結論だった。

東京へ戻ると僕はさっそく紹介先の虎の門病院を訪ねた。そこで検査を繰り返したあと、パーキンソン病と同様の症状を示すパーキンソン症候群とは区別され、病名が確定する。以来、月一回の割合で診察が現在まで繰り返されている。

劇的な「L－ドーパ」登場

パーキンソン病は、脳幹の中脳の黒質部分にあるドーパミン性ニューロンの変性で神経伝達物質のドーパミンの産生が減り、次第に日常的な運動機能が失われていく難病だ。ドーパミンが減るのだからドーパミンを補うのが筋とされ、ドーパミンの前駆物質L－ドーパを中心とする薬物療法が基本である。このL－ドーパの登場がいかに劇的だったかは、名優ロバート・デ・ニーロ主演の映画「レナードの朝」を見るとよく分かる。しかし、このL－ドーパのパーキンソン病に対する効能は、飲み始めた最初のうちは症状を抑える大きな効果があるが、長期投与されるうちに薬効は落ち、投与量が少しずつ増え続けるために、深刻な副作用ジスキネジア（付随運動）をもたらすことになる。寒さは患者の体に悪く、僕の場合も、一冬ごとに

Ｌ－ドーパが一錠ずつ増えていった。長期投与で現れる副作用は投薬のジレンマだ。パーキンソン病では、多くの場合は長期投与によっても病は完治しないので、いずれかの時点で副作用の問題と向き合わざるを得ない。このため、パーキンソン治療薬には現在でも確立した薬剤使用法などといったものはない。

パーキンソン病治療薬として使用される薬剤については医師自身も知悉しているわけではないので、患者も気をつける必要がある。僕も現在ほど症状が進行していなかったころ、朝起きたとき、全身でこむら返りのような感覚を覚え、筋弛緩剤としてダントリウムが処方されたり、飲んだ翌日は夕方まで起き上がることができなかったのを覚えている。僕には強すぎる処方だったのだ。

僕が治療を始めたころは最初からＬ－ドーパを使用していたが、最近ではドーパミンアゴニストと呼ばれる補助薬（脳内でドーパミンが作用する受容体という部分を直接刺激してＬ－ドーパと似た作用を示す）や、ＭＡＯ－Ｂ阻害薬と呼ばれる薬などが薬物療法に使われ、様子を見る方法も採られており、Ｌ－ドーパの使用は先に延ばし、少しでも副作用の発現を遅らせる方法も考えられている。だが、アゴニストにもＬ－ドーパと同じ副作用が分かり、以前のようにＬ－ドーパを最初から使う方法も再び使われるようになった。

このように結局はＬ－ドーパを使わざるを得ない。新しい療法の確立が待たれるところだ。

パーキンソン症候群

パーキンソン病は脳の黒質と呼ばれる部分が障害を受け、神経伝達物質の一つ、ドーパミンの産生が減ったために起こる。

この黒質は中脳の真ん中あたりで、かなりの深部にある。黒質にはドーパミン、神経細胞があって、その神経細胞の中にメラニンという色素が含まれているため、レントゲンに黒く写るので黒質と呼ばれる。これがパーキンソン病になるとこの神経組織が脱落していくので色も変わり、神経細胞が減ったことが分かる。

この神経細胞間の情報伝達を担っているのがドーパミンだ。

パーキンソン病に似た疾患にパーキンソン症候群がある。全く別の原因で線条体や線条体からの神経経路が障害を受けた場合に出現する。このパーキンソン症候群の主な病気は脳動脈硬化症、脳梗塞、脳腫瘍、脊髄小脳変性症などだが、本当のパーキンソン病であるかどうかを見分けるにはＬ－ドーパを使ってみることだ。効き目があれば、それはパーキンソン病の患者だということだ。

パーキンソン病の治療は今も薬物療法のＬ－ドーパ中心だ。しかし、その使い方は、主に副作用の発現との関係で変わってきている。二十年前、僕がパーキンソン病と分かったときは、足りないものを補うとの考え方で、初めからＬ－ドーパを使い始めたが、その後Ｌ－ドーパの副作用が問題化、一旦はアゴニストをまず使用することから始まったが、やがてアゴニストも同様の副作用を起こすことが分かり、ドーパミンとアゴニストを使い分ける意味が薄れてしまった。副作用の発現をできるだけ先に延ばすため、ドーパミンアゴニストの投与から始めた時期があり、最近はLードーパに戻りつつある。

ドーパミンとアセチルコリン

僕がパーキンソン病にかかって、「今最も悩んでいる症状は何?」と聞かれたら、「それは午前中、午後各三回ほど襲われる筋固縮寡動だ」と答えるだろう。普通は一時間もあればいつのまにか何かをきっかけに症状は消える。きっかけはパーキンソン病に直接かかずらわなくとも朝食のようなものでもよい。そんなときは、気付かない間にもう歩き始めている。症状がなくなるがしばらく無理かもしれないときに、体調不良だと寝たきり状態が何時間でも続く。

人の中枢神経系には脊髄、延髄、終脳などがあり、一般には脳幹と総称されている。そこは大脳からの指令を脊髄に伝え、同時に五官や平衡感覚の中継点であり、いわば体のバランスをコントロールする司令塔の役割を果たしている。これらの組織の各機能は、神経間ではその刺激を伝える際に神経伝達物質という化学物質によって伝達されるが、このうち、ドーパミンという神経伝達物質を介して伝達を行う神経細胞をドーパミン作動性ニューロン、アセチルコリンを介する神経細胞をコリン作動性ニューロンという。どちらも脳幹の線条体を介する経路に多数存在して平衡を保っており、ドーパミンとアセチルコリンは体を動かすうえでは互いに力を反対方向に引き合うことによって、微妙な体の平衡をコントロールしているわけだ。その際、ドーパミンの産生などが減ると平衡が失われ、体が動かなくなるのはこのためだ。パーキンソン病の状態は、アセチルコリンの割合が多くなっているため、体が動かなくなっている。このためパーキンソン病治療薬には過剰となったアセチルコリンの働きを抑え、ドーパミンとのバランスを整える薬もあるが、基本はL－ドーパ療法だ。

いずれにしても、それまではあたりまえにできていたことができなくなる。本人が味わう落胆は大きい。知らぬ間に深い氷のクレバスに落ちて脱出できなくなってしまったようなものだ。

具体的症状は、筋肉が硬くなってこわばる（筋固縮、寡動、無動）、転倒しやすくなる（姿勢反射障害）、震えの先程あげた四大症状がある。これらにはすべて見かけ上の個人差があり、症状の進行の速さは個人によって違う。また患者の中には自律神経障害など精神症状も少なくない。発症後何年も経たないうちに寝たきりになってしまう患者もいれば、僕のように二十年経っても健常者のように振舞えるときがある者もいる。今、僕が一番困っているのはすでに述べたように筋固縮だ。一日に数回耐えるほかない苦痛の時間がやってくる。

食の大きな意味

食は人の健康にとって大きな要素であるのに、日本では医療現場で正当に評価されてこなかったようである。病院でも栄養科は事務部門よりさらに奥まったところにあり、医療経営における評価も、その重要性と比べると、いささか低いものだった。最近になって食の重要性に気付き始めた病院を中心とする医療界が、医局や事務局と同格に栄養科を扱いだした。その流れは島根、高知県と続いているようだ。

一方、一般社会では、食に対する関心は健康に対する関心が広がるにつれますます広がり、栄養補助食品業界も活況を呈しつつある。ところで日本だけでなくアメリカでも、栄養補助食品の普及は一方で高騰を続ける医療費削減効果を期待されている。アメリカでは全人口の五〇％以上が栄養補助食品を使っており、特定の栄養補助食品を日常的に摂ることで先天性の障害児の出産が四〇％減少し、未熟児が六〇％、心臓疾患が三八％減少したという。この結果、アメリカでは年間約二〇〇億ドルの医療費が削減できるとされる。医療がらみでは栄養補助食品は明らかに効果をあげているように見られるが、市場の状況は患者、消費者にとっては厳しいものがある。自分に合った、必要とする栄養補助食品は、どのようにして選べるのか。本当のところ効くのか効かないのか。その情報を握っているのは供給サイドで消費者サイドではない。

　効くか効かぬか分からない健康食品に対し毎月約一〇万円を支払っている人、訪問販売で約三〇万円分の健康食品をローンで買った人、健康食品のサイドビジネスを始めようと四〇万円分の商品を仕入れてしまった人など、現状に困っている人がいる。これに対して「自分に合った健康食品を選ぶためのガイドブック」や栄養士・食品保健指導士による健康相談のほか、コエンザイムQ10、アガリクス、

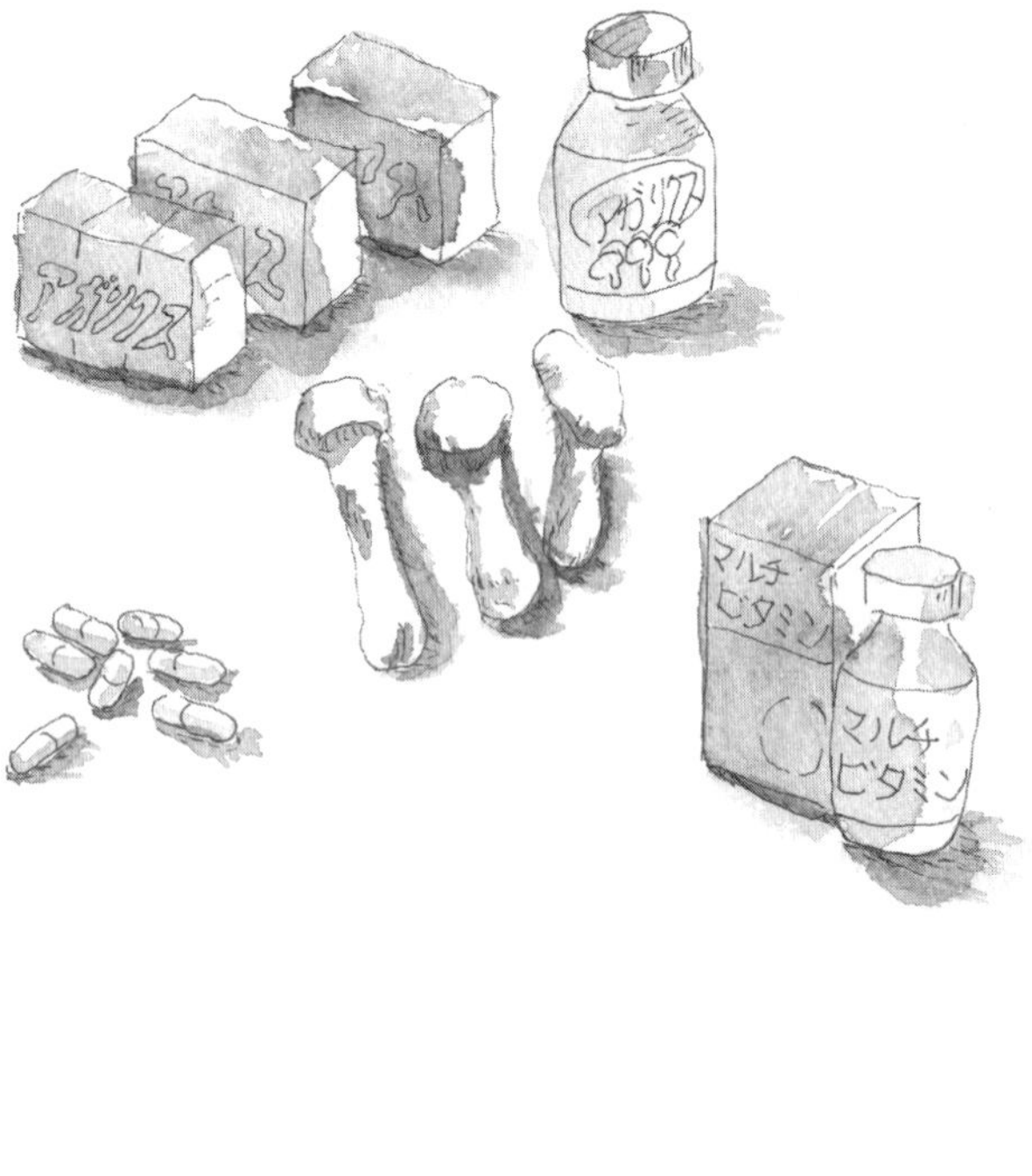

マルチビタミンなどの原料、製造方法を調査し、成分と価格を比較し、公表する団体なども現れている。

「まるで、お殿様のようね」

持病のパーキンソン病に対する僕の普段の対処の仕方を、僕の病状について最もよく知る女房は、このように皮肉っぽく語る。

進行性の難病のパーキンソン病にはこれが決め手というような治療法はまだない。進行の速さに応じて残存能力は個人差があるとはいえ、いずれ来る日は来るし、この種の疾患の場合、難病を抱え生活の質をどうするか、パーキンソン病の患者、家族としての自覚が何よりも問題となる。先ほどの「まるでお殿様のようね」という言葉には、パーキンソン病と僕、介護者との生活上の関係も含まれている。

僕の場合は病気に対してあまりにも能天気、周囲の負担に無頓着すぎるというわけなのだ。

そこで、女房をあてにした大様に構えがちの僕に対して、女房は少しでも何らかの効果ありと聞くと効果の程をチェックした。効果ありとのことであれば、それは、彼女にとっても介護負担の軽減に繋がり、うれしいことだった。パーキンソン病は進行性の病気で、患者の日常生活の基礎的機能から失われてゆく疾患で、介護者にとっては先へ行くほどきびしくなる。加えて患者と介護者との間では残存能力について評価が分かれ始める。僕のケースだと、僕はまだ一人でバスや電車を利用して都心に行けると考えているが、実際は介護人の同伴がないと道中でどんなことに巻き込まれないとも限らなくなっているのだ。このような病状に対する評価の違いは夫婦間の亀裂を生みやすく、家庭崩壊にも繋がりかねない危険をはらんでいるのだ。パーキンソン病それ自体は、僕たち患者だけの問題だけにかかわらず、家族全員の生活の質にかかわる。患者のほんのちょっとした生活改善が、患者だけの問題にとどまらず家族にとっても介護負担の軽減に繋がるケースがある。

「これは家族愛のものがたり」ではない。一緒に暮らしていた他人がそれぞれ自分の人生をどう考えるかという問題だ。

病気に悪い緊張関係

ようやく僕の全身を締めあげていた強烈なこわばりが緩んできた。下半身全体をおおっていた自分自身では抵抗しがたいしびれ感覚、そして股関節をしぼり上げるような痛さが潮が引くように体の奥深くに去り、表面的には僕はいつもの余裕を取り戻し始めていた。あのこわばりやしびれもパーキンソン病患者に現れる症状の一つで、その強さには他の症状と同様個人差がある。

僕の場合、一日に数回やってくるこの体の固縮状態は、一回がほんの数分のこともあれば、固縮状態からなかなか抜け出せない場合もある。固縮の症状が出ている最中は、この痛みはどこまでひろがるか、率直にいって不安だ。そして固縮の際には、痛みと同時に腰から下を中心に汗がどっと噴き出してきて、パジャマはぐっしょりと濡れる。

あまりに痛みがきついと感じるときには、脳は自分を守るためなのか思考を停止する。僕の場合は急激に睡魔が襲ってくる。確かに筋固縮は事前に起きそうだというこことが予期されるが、そのことが、それを回避する方法がない以上、何の役に立つだろうか。

固縮は起きる時間帯などによって、僕の場合、それぞれ特徴がある。午前中に固縮に見舞われると、比較的症状は軽く、大概、昼食を食べるといつのまにか治ってしまう。食事をすると体調が良くなるのは、僕は、副交感神経系が作用し、体をリラックスさせ、緊張状態にある病気の体を揉みほぐしてくれるからにほかならないと考えている。だから緊張関係を生むような人間関係は決してパーキンソン病には良くない、かえって病気を悪くするといえる。

人間の体は休むようにできている。副交感神経系を通じて、癒やされる構造になっているのだ。日々の生活を普通に過ごしておれば良かったものを、どこかに無理があったのかもしれない。

老化と活性酸素

人が生きている限り避けられないのは、体外とは反対に体内では老化をはじめ発ガン、腎障害、動脈硬化などの異常を引き起こし、促進する活性酸素が作られるということだ。活性酸素は通常の酸素に比べ電子が足りない不安定な状態の酸素分子で、絶えず他の分子と化学結合して足りない電子を補おうとするため、その過程で他の細胞や遺伝子を傷つける。活性酸素には酸素から形成される過酸化水素、スーパーオキシドアニオン、ヒドロキシラジカル、一重項酸素の四種があり、これらはフリーラジカルとも呼ばれている。

呼吸で体内に取り入れられた酸素は全身に運ばれ、生きるためのエネルギーを生み出す。特に細胞質内に広く存在するミトコンドリアは細胞のエネルギー発生炉といわれ、呼吸によって取り入れられた酸素を大量に消費して、エネルギーに変える。その際、消費酸素の数パーセントが副産物の活性酸素として放出され、これが同じ細胞内のＤＮＡやたんぱく質を傷つけ、さらにミトコンドリアの機能低下をもたらし、脳の老化にもつながっていくのである。

体の中には活性酸素をただちに除去するＳＯＤなど抗酸化物質を作り出す防御システムもある。過ぎたるは及ばざるが如しで、体に必要な酸素も過剰であれば細胞にとっては危険だということを肝に銘じておくべきだ。

若いころスポーツに親しみ、体には自信があったサラリーマンが急死するケースがある。こうしたなかには、オリンピック候補も混じっているが、勝ち負けを競うスポーツは、体内での酸素消費量が多く、活性酸素が大量に生み出され体の細胞を傷つけるため危険である。無理な練習はしないこと。ジョギングでも死ぬ人がいることをよく考えてみることだ。

すきま風

「なんで私がこれほどまでにあなたの面倒を見なければいけないの。給料をもらっているわけでもなし」「そ、それは」「だいたい、そんな病気になったのもあなた自身無茶苦茶な生活をしていたからでしょう。なにさ。俺は五十歳までは生きていないなんて、大見栄をきっちゃってさあ！」僕のやればやるほど深みにはまって抜き差しならなくなるパーキンソン病の介護にほとほと疲れた女房が、本気で怒り始めた。僕は反撃に出る機会さえなく、ボディブローのように次第に効いてくる速射砲のような女房の言葉に頭を垂れる。

厚生労働省が膨張し続ける医療費の削減をねらって生活習慣病という考え方を打ち出してからというもの、病気になるのは日ごろの健康管理が足りないせいだとする自己責任論が拡大を始めた。これまで家の中の話として理由もはっきりしないまま納得できない介護を強いられてきた女性たちには、自分たちのことはしばらく置いて、介護対象の患者の持つ自己責任は福音となったであろうことは容易に理解できる。

一方、家族の絆が昔ほど強いものではなくなっているし、女性は経済的に強くなっている。特に女性は病気の自己責任論で実際に家庭で行われている介護が理不尽なものであった場合、道徳的負荷を背負うことなく男と別れられる。これに対して男は、これまで家庭内の雑事と呼ばれているもの、介護はすべて女房に丸投げしてきたので、しっかりものの女房には抗弁が難しいところまで追い込まれている。

男にとっては受難の時代が来ている。今、自由を謳歌し楽しんでいるのは女性だ。そしてさらに家族の病気について一番よく知っているのも女性だ。パーキンソン病の場合もこのことは当てはまる。かくして、難病患者といえども、何時、何がどうなるかは女性の考え方にかかっている。楢山節考の世界はどこにでも現出する。

強烈な痛み

現在のパーキンソン病患者にとって、体調、動きなどが次第に悪くなるのは病歴の長さに対して不可逆的なので、長期的には自立支援は挫折し、どうしても他人の介護の世話にならざるを得ない。おまけにパーキンソン病患者に必要とされている介護知識はかなり専門的領域が多い。そうだとすればもう少し、患者の「生活の質」を高めるためのアドバイスを医療人の立場からしてもよいのではないか。生活の大部分で自立は困難なのに、わが国の医療人は、パーキンソン病患者が日常生活レベルでの心身の具体的痛みを十分にはつかんでいない。病院の神経内科の診察科前の椅子では、うつむいたまま、ほとんど何も喋らない患者たちが、診療待ちをしている。その姿はひたすらに何かに耐えているかのようだ。

こうした問題には日本の医学教育のあり方も関係している。例えば、アメリカでは臨床研修の際の患者問診に力を入れ、できる限り患者の心をつかむような医学教育が行われているが、日本では、同時期にそのような医学教育に力は入れられず、臨床が苦手な医師がかえって増える傾向があるといわれる。

例えば僕は昔から両足の小指が親指の外反母趾のように内側へ曲がり、歩くたびに小指を切り捨てたくなるような、声も出せないほどの強烈な痛みが走っている。それはまるで拷問を受けているようだ。これだけでも何とかならないものかと長い間思っていた。靴もいろいろ試してみた。だから今では僕は、靴ははかない。僕はいつもどんなところに行くにも雪駄である。パーキンソン病とこの小指の状態との関係についてはパーキンソン病の症状の一つである筋固縮が関係しているだろうが、僕と同じ症状の患者は声を上げないだけで決して少なくはないだろう。

これを見ていた女房が考えたのが、厚手のパイル布の靴下地で作った円筒状の筒だ。筒の硬さについては自分で改良を加え、筒にはゴムひもをつけ、それをかかとに引っ掛ける。筒によって強烈な痛みがなくなり、言葉がはっきりと聞き取れるようになり、こうしてパソコンも楽に打てるようになった。

それほど簡単な道具で、僕は生活の中で痛みも感ずることはなく、生活の質も落ちることはなくなった。しかし、残念なのは、このような患者の誰もが簡単に自分の生活の中に利用できる話や情報も、実際の医療現場では、医師と患者との間にある壁のため患者に広く伝わらず有効に活用できないという。まだまだ医療の現場は閉じられた社会なのだ。

その後この円筒状の筒を自分でも作ってみて利用し、僕と同じように一部であれ病気の痛みから解放されたという嬉しい話は聞かない。それほどまでに患者にとって嬉しい情報さえも、現在の医療界ではなかなか患者の耳に届かない。改善が望まれるところだ。

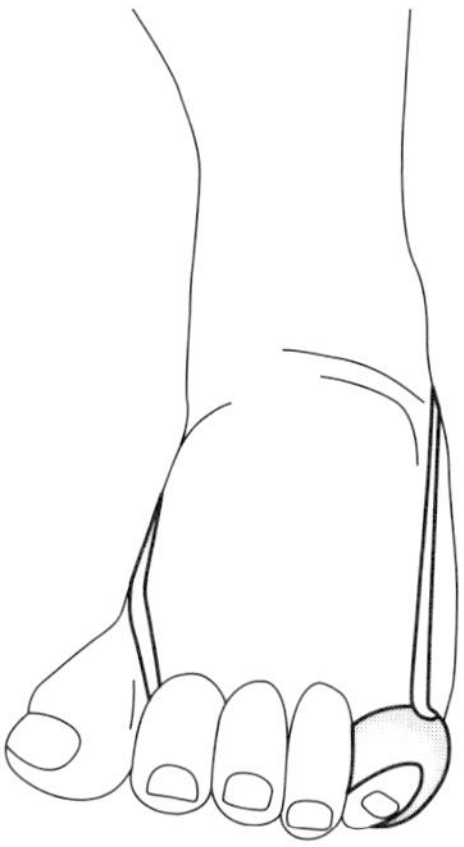

介護の力を引き出す術

僕は健常者と変わらないほど外に出る。しかし、もちろん、健常者ではない。介護を受けている。この介護を受ける人間と介護する人との間では考え方、つぎはどう動くかをめぐって衝突が起こることがある。介護を受ける人は介護する人をよく見ていなければならない。

僕が一見、パーキンソン病の患者にもかかわらず、信じがたいほど動いていられるのも、僕が失った力を女房が代行してくれているからだ。僕の腕、足の代わり、ときには記憶の代わりもする。そのくらい、自分一人だけではパーキンソン病患者は何もできなくなっているのだ。

しかし僕はそのことを普段あまり、意識しない。そこがときに夫婦喧嘩の種になる。「あんたは私のしていることなど眼中にないのよ」と。
介護を受ける立場の人はいつも、周囲の助け舟になってくれる人の動きや言動に注意し、感謝の念を抱いていないといけない。そして何かをやってもらったときには間髪を入れず感謝の念を形で示さなければいけない。平成十七年の九月に亡くなった親父はよく「ありがとう」といっていた。印象の強いうちに、この言葉さえいっておけば、これ以上何もいらない。高価なプレゼントのお返しなど必要ないのだ。反対に、このとき何の反応も示さなければ、介護者に嫌気を起こさせてしまう。

晩年を有料老人ホームで過ごした親父は、この「ありがとう」をいう名人だった。自らを「兵隊に行った六年間で自分の人生は決まった」と語り、厳格で固く、人に頭を下げるのが苦手だった親父を知る人たちには考えられないことだったが、老人ホームではいつも片手を軽く挙げ、どんなささいなことにも親しそうな声でこの言葉を連発した。親父の死後、老人ホームでは親父をしのんで追悼の文集を出した。ひるがえって僕はそれほど器用なほうではない。介護の動きを心の中に描き、どうすれば介護の力を目いっぱい利用できるだろうかと考える。

患者に対する態度

多くの人はパーキンソン病の名前を知ってはいても、実際の症状を知らないので、目の前に生きた実例が現れると慌てふためき、どのように対処したらよいのか分からなくなるのである。そこで多くの人びとは、あらかじめ、そのような事態に陥るのを避けるため、最初からわけの分からぬものについては見てみぬ振りをするのである。

僕はあるとき、知人とＪＲの駅で待ち合わせをしたところが、ちょうどその時刻に、筋固縮に襲われて体が動かなくなった。僕は「これはやばい」と思いつつ、ともかくもそばに立っていた電信柱に抱きつく形で支えにしてじっとつっ立っていた。

多くの人びとが行き交う駅前でそんなかっこうをしていれば、誰かが不審を抱いて心配して話しかけてくれるかと考え、わざと僕自身は助けを求めず、なかなか来ない知人を待った。結局誰も声をかけてはくれなかった。

パーキンソン患者を助けてあげることは簡単である。力は多くの場合必要ない。最初の第一歩の的確な誘導が必要であり、それさえ助けてもらえば、あとは何とかなるのだが。

パーキンソン病患者は一〇〇〇人に一人。老人疾患のなかでは最も多い。にもかかわらず、病気そのものに対する一般の知識は貧弱である。

障害者二級

僕は平成十七年、パーキンソン病による身体障害者二級と判定された。介護保険の介護度に置き換えると、介護度四くらいのものか。僕は身体障害者手帳を受け取り、それ以後、介護人と一緒であれば、交通費は半額になった。そして障害者年金が新たに支給になった。ところで身体障害者二級と判定された僕の日常はどのようなものであったか。この問題をめぐってはいつも女房とは話し合うが、いつもケンカ状態で終わるのだ。問題の中心には僕の身体的状態がある。

身体障害者二級とはいえ、実際の毎日はオン・オフといって、健常者と患者との間を行ったり来たりしているのだ。現在症状も進み、一日のうちまともなときは約半分、残り半分は筋固縮のため体が動かず水平生活を余儀なくされている。外出を体調に合わせて上手に行えば、周囲の人たちはまさか僕がパーキンソン病とは気付かないだろう。実際オン状態であればこれによって、いまだに僕をパーキンソン病患者とは知らぬ近所の人がいるのだ。

こうしたなかで問題とされているのは、僕の視点。いつも健常者の視点に近すぎるというわけ。患者として介護を受けても感謝が足りない、「ありがとう」という言葉さえ聞こえてこない、これではヘルパーたちからそっぽを向かれてしまうぞ。さらに次のような厳しい声も――「おまえは、自分がまだ健常者の部分があるから何か自分をほかの人間とは違った特別な人間と考えているのではないか」と。さらに「自分をスーパーマンか何かと考えているのでは」といった意見も。とどのつまりは「あなたの現実の上に立った真の姿と自画像とはだいぶ隙間がある」。参考になる意見から愚問までさまざまだ。

配偶者

パーキンソン病患者をまず日常的に介護するのは家族。一家の長が倒れた場合は、特に配偶者の肩に介護の重みがのしかかってくる。パーキンソン病患者のその時々の症状の快不快に対する訴えは多岐にわたり、患者を最もよく知る配偶者でも対応は難しい。僕の女房でさえもが「なぜ、そこまであなたの介護をしなければならないのか」と疑問を感じるほどなのだ。

薬物療法、なかでもL－ドーパを使った療法が今も中心だが、薬物療法を施す場合、関係者は絶えず副作用のジスキネジアのことを頭に入れておく必要がある。

パーキンソン病患者に対する介護で、患者の際限のない症状の訴えやそれに基づく治療やリハビリをしても、効果のあるなしが患者自身によく分からないころが問題だ。難病に対する介護は、実際「ある部位の痛みが取れた、治った」という声はほとんど聞かない。患者や介護する側の家族は、病気が重いほど、介護を行う場合にはお互いに立場を理解し同一歩調を取ること、信頼しあうことが大切だ。お互い節度を守り、我慢するところは我慢しあうことが介護の継続を保証する。

患者、家族の間で考え方や介護の考え方が違っていたり、無理があったりすると、介護はうまくいかなくなる。介護者はときに僕たち患者との長き老後に付き合わなければならなくなる。そのときの介護者にかかる負担の大きさは「なぜ私はそこまでしなければならないのか」という疑問を抱かせかねない。患者は普段からの人間関係にも気を配っておくべきだろう。

深刻な実態

病人、特にパーキンソン病患者を抱えた家族が出会う問題は、深刻であり大変だ。これまでのところ治ることのない難病といわれ、症状は徐々に進行しつつさまざまで、そのうえ個人差も大きいとなると、どうしても対応は患者を最も間近で見ている家族の介護が中心になり、患者の失う機能は日常生活機能なので、それをカバーする家族の負担も大きくなる。

介護保険を利用しヘルパーの力を借りるのも、症状に対する標準化ができていないため限度がある。しかもパーキンソン病の患者の訴える不定愁訴は原因を特定するのは難しく、そのすべてに対応しようとすれば身が持たないだろう。

患者本人の状態は妻など身近にいる親族が最も良く知っており、ある一線を越えて外部の人間には入って行きにくいところがある。そんな中へ不用意に入ってゆくと、まったくもって不勉強と批判されかねないのだ。

このような状況の下では、家族が介護負担に耐えられる間はいいが、耐えられなくなったとき、家族の絆が危うくなる不幸が始まる。こうした最悪の事態をできる限り先へ伸ばすため、患者も含めお互いに我慢が必要である。

ところで、現代の家族は何によって結びついているのか、支えられているのか。旧来の家制度が崩壊し、女性が家から解放され、女性の立場が強くなるにつれ、パーキンソン病患者のような病人を家族で支えるための論理はなくなってくるのではあるまいか。特にこれまで割に合わない過度な負担をかぶっていた女性たちは、もう介護負担を自分だけかぶることに同意はしないだろう。介護負担に対する合理的説明ができないと、これからは人は動かせない。もう建て前論は通用しない。

僕は、パーキンソン病の患者としては、これまで比較的病人意識を持たなくてもすむ生活を送れた。見かけ上は健常者として振舞うことも可能であり、近所の人のなかにも、いまだに僕がそんな難病であるとは知らぬ人も多い。

僕には幸いにも、ここ当分生活できる資産があり、文章を書くのが仕事だったことが、少しは未来に希望をつなげる状況として有利だった。

しかし、パーキンソン病の不定愁訴は際限のないところがあり、なるがままに任せたりすると、本人、介護人とも倒れになるのは目に見えている。お互い一〇〇%は目指さぬことだ。そしてお互い納得ずくめである必要がある。

感謝を心に

前にも書いたと思うが、人間は人生を豊かに生きるためには感謝の気持ちを持ち続けることが何にも増して重要なことだ。この感謝の念がないと周囲との関係がうまく運ばなくなり、介護では失敗が多くなる。感謝の気持ちは、それが最も社会で練りに練られた万国共通の人間としての証し、どこでも通れる通行手形なのだ。感謝の念を言葉で表せば「ありがとう」だ。「ありがとう」のその一言が決定的な役割を果たす場合もある。だから「ありがとう」という言葉は金に換算できない。ときには何十億円以上もの価値を持つ場合もありうる。「ありがとう」の持つこの意味を十分意識し上手に使ったのが、亡くなった親父だった。厳格で子供たちにとって本当に怖かった親父も、ベネッセの経営する有料老人ホームに入ると、まるで人が変ったように「ありがとう」をことあるごとに連発し始めた。そして他人の中にも積極的に飛び込んでいったのだ。このことによって親父は晩年、誰にも好かれ、誰にも祝福される、まるで絵にでも描いたような他人もうらやむばかりの充実した日々を送れたのだ。この「ありがとう」という言葉を発するのに最適な時などない。待っていてはいけない。気がついたときには間髪を入れずいうべきだろう。

ひるがえって僕の家では、パーキンソン病の僕を中心に日常的な家庭生活は行われているが、一見、波も立たぬ、聖家族のような生活を続けることも、限界に近づきつつある。パーキンソン病は症状に個人差のある難病であり、患者個人個人の訴える内容も違う。そのうえ気候など自然環境によっても症状が違うとなれば、一筋縄ではいかぬ病であることは明らかだ。たとえ家族が一致団結して家族の介護を始めても、介護期間が長引き、一人ひとりの肩に負担がかかるようになる。そうなると、どんなにできた人の集まりも、やがて一つの疑問が浮かぶようになる。

「なぜ私ばかりがこんなに苦しい仕事をしなければならないのか」

このような疑問に答えられる人は少ないのではないか。家庭内のことは女、女房に任せておけといえる時代は去った。女の時代がやってくる。高齢者にとっては男受難の時代であり、放っておけば、ますます男の立場は弱くなる。

最後のラーメン

パーキンソン病とは直接関係はないが、こんな死もある。

義父は病院のベッドのうえに上体を起こし、腰の位置を定めると、それまでつけていた酸素マスクを外した。義父にとって酸素マスクは生をつなぐため必要な機器だったが、これから取ろうとする行動にはじゃまになるだけだった。酸素マスクを取ると、義父はまるで健康体であるかのように自然のリズムにそって、ベッドの脇に運ばれていた特注のラーメンを食べ始めたのだ。義父は肺気腫の末期で、すでに酸素の血中濃度は健康な人が九〇台であるのに義父の場合ひどい時は五〇台にまで落ち込んでおり、そうなるとほんのちょっとした動作でも体中の酸素不足を引き起こし、苦しさは増すはずだ。それでも義父はラーメンにこだわった。それは舌の肥えた身には病院給食があまりにまずかったからだ。義父がラーメンを勢いよくすすりだすと、どんぶりの中身は瞬く間に減り、義父は最後の一滴まで飲み干すと、満足したかのように「ああ、うめえ」と大声をあげ、再び酸素マスクを装着、ベッドの中に滑り込んだ。このころ、まだこのように元気だった義父は、翌朝午前九時ごろ、家族のまえで最後の一呼吸をして見せて亡くなった。実をいえば義父は、ラーメンを食べたあと再び目覚め、今度は自分の入る墓について墓石屋を携帯電話で呼んで商談に及んだのだ。墓石屋はもとより余命いくばくもない老人と病室で商談などしたくなかったので、逃げ腰である。だから隣の部屋のナースステーションのモニターで義父の酸素血中濃度の変化を注視していた看護師が、これ以上は危険だと「もう、やめてください」と怒鳴り込んでくると、逃げ出そうとしたのは彼ら業者で、引き留めたのは義父のほうだった。

こうした喧噪のあとにやってきた死を誰が信じるだろうか。義父が電話で「わしは今度病院に入ったら死ぬんじゃ」といっても、誰も本気に受け止めなかった。

死の直前、義父が涙を見せたのは、幼少期の不遇な時代に自分をかばってくれた唯一の人ともいえる姉と話していた時だった。思わずつらい思い出がよみがえって不覚にも涙を見せてしまったということなのかもしれない。義父はこのように周囲に喧噪をまき散らしながらわが人生を死にひれ伏すこともなく駆けぬけていった。

第二部

医薬品の値段

僕はここ二十年来、月一回の虎の門病院の検診を受けているが、会計に支払う医療費はゼロである。いうまでもなくこれは医療費を国などが肩代わりをしているため。実際には一体いくらくらいのお金がかかっているか、毎日飲んでいる薬の値段を調べてみた。その結果、一日あたり僕の場合、二三〇〇円であった。

近年医薬品業界の国際化が進み、その結果、日本の多くの医薬品会社は厳しい競争の中でつぶれ、残る会社は数社しかないといわれたが、パーキンソン病の医療費を見る限り、各医薬品メーカーの台所はまだ大丈夫という気がする。

現在僕の飲んでいる薬は、一日にネオドパストン八錠、シンメトレル三錠、ドミン一錠、カバサール二錠、リボトリール二錠、ペルマックス一錠、ビ・シフロール四錠、ベンザリン一錠、計八種類、一二錠。

　このうち、ネオドパストン一錠四一・七円、シンメトレル三四・九円、ドミン一六六・九円、カバサール三三一・七円、リボトリール一〇円、ペルマックス二五五・四円、ビ・シフロール一八七・九円、ベンザリン一二・三円となっている。僕の場合L－ドーパだけでも一日八錠なので、三三三円、一カ月で一万円。

　おおむね二年に一回改定される薬価改定で、昭和五十六年以来、医療費全体の中で薬価は下がりつづけてきている。これは、毎年膨張しつづける医療費を抑えるには診療報酬は人件費と直接絡むため難しいので、薬価を下げることで医療費全体を下げようという厚生労働省の対策である。僕の薬代は果たして高いか安いか。

　どちらであろうと現在、年間およそ八三万円の薬代の補助を受けていることは、正直なところ、わが家の家計の負担の軽減になっている。

　しかし、国などはヤール三以下（ヤール＝パーキンソン病の重症度を示す指標）の患者に対して膨張し続ける医療費削減のために薬を有料化しようとする動きがあるが、実際にそれが行われると患者にとっては大きな負担になることは確実である。パーキンソン病患者の場合は、ヤール三だからといって症状が軽いわけではない。

パーキンソン病の薬はいろいろある

パーキンソン病の薬物療法は現在ではＬ‐ドーパという薬物を中心に行われているが、なぜドーパミンの経口投与ができないかというと、ドーパミンの分子量が大きすぎて脳の関門を通れないからである。そこでドーパミンよりも小さい前駆物質Ｌ‐ドーパを使って関門を潜り抜けさせ、それで失われたドーパミンを補充する方法をとっている。

しかしＬ‐ドーパを長く使用していると、副作用が出る。そこでＬ‐ドーパに代わって似た作用を持つ薬を開発し、できるだけ初期段階ではL-ドーパを使わず副作用の少ないとされたほかの薬で治療を行うというのが、一つの薬物療法の流れだった。

ところが最近ではL-ドーパに代わる薬も副作用があると分かり始め、最初から以前と同様L-ドーパを使うケースも目立ち始めた。

L-ドーパ以外のパーキンソン病の治療薬には、ドーパミンに代わり、脳内のドーパミンの作用点を刺激するドーパミンアゴニスト（パーロデル、ペルマックス、ドミン、カバサール、ビ・シフロール等）、ドーパミンを代謝する酵素を中枢で阻害し、ドーパミンの分解をできるだけ遅くし、ドーパミンの脳内での血中濃度を保つ酵素阻害薬である選択的MAO-B阻害薬（FP）などがある。

このほかドーパミン放出促進薬（シンメトレル）、ノルアドレナリン補充薬（ドプス）、抗コリン薬（アーテン）などがある。

完治ならずとも症状改善——エンタカポン

いまだ完治の決定的方法のないパーキンソン病患者にとって、L－ドーパの服用を減らしながら薬の副作用も少なくてすむ新たな薬ができたら、これほど嬉しいことはないだろう。しかしこのような新薬の開発はL－ドーパの新薬のほんの一部でしかない。

一九八九年フィンランドのオリオンファーマ社で開発されたエンタカポンは、あるいはその一つかもしれない。欧米では既に患者に使われ成果を上げているという。わが国でも昨年一月二十六日、国が製造・販売を認可し、その後保険薬として薬価収載されている。

パーキンソン病の患者は、現在L－ドーパ中心の薬物療法により治療を受けている。この方法の難点は長く続けると振戦、無動などの副作用があること。エンタカポンはＬ－ドーパのほかの物質への代謝を疎外することでＬ－ドーパの血中濃度を保ち、より多くのＬ－ドーパに血液の脳内移行を増加させる。これによってＬ－ドーパの薬効時間を短縮する。次の服薬前に症状が強くなるウエアリング－オフ現象を防ぎ、Ｌ－ドーパの効き目の悪くなった患者に対し不随意運動をあまり強くすることなく作用時間を長くすることができるといわれる。

高齢社会の進展は好むと好まざるとにかかわらずＬ－ドーパの血中濃度を気にするパーキンソン病患者をより多く生み出している。

僕は治験の段階で知っており、大きな期待を持って認可されるのを待っていた。認可されるとさっそく担当医師に頼んで使わせてもらったが、結果は予想に反し日内変動の変化がはっきりしなくなっただけのことだという気がした。僕の場合このように効果ばかりではなかったので、しばらくたって飲むのをやめてしまった。

薬に頼りすぎは危険

「新しい薬だ。これでＬ－ドーパ中心のパーキンソン病治療もおしまいになるかもしれない」。なじみの医師の声が珍しくはずんでいた。その日から僕の治療薬の中でＬ－ドーパの数は減り、新しく少量のＦＰに変わった。

ＦＰという薬が認可され、この薬が一般に利用され始めたとき、一部では「副作用」はなくＬ－ドーパを減らせる「夢」の薬とまで喧伝された。しかし、いざ使ってみると、幻覚が使用患者に現れた。米国では、ＦＤＡ（米国食品医薬品局）が新薬を認可する場合、治験段階での副作用についての審査をかなり厳しく行っている。それこそ早く認可すれば助かっていたのに厳しい審査で認可が遅れ死んでしまった患者も少なくないといわれるほどだ。それほど厳しい審査を潜り抜けた薬でも重大な副作用はあって、幻覚はやはり僕にも現れた。

真冬の寒い深夜だった。僕はトイレに行きたくなって、自分の部屋を出て廊下伝いにトイレとの間にある居間のドアを開けた。そこで見た光景に思わず僕は自分の目を疑い、大声を上げそうになった。それというのも居間には、西洋の童話に出てくるような鼻が大きく、少し垂れ下がった魔法使いのばあさん数十人が、部屋にあったいくつかのストーブの周りに陣取って暖を取っているではないか。そして僕がドアを開けると、静まり返った居間のあちこちから、射るような目が、僕に注がれたが、僕はそんなばあさんたちの間をぬってトイレに駆け込んだのだった。翌日も、その翌日も、その翌々日も、深夜の居間ではまったく同じ光景が展開された。不思議なことは、僕がこの間すこしも恐怖心を感じていなかったことだ。最初からこれは薬の影響で無意識の世界が規制を解き意識の世界をかく乱していると考えたためかもしれない。

ばあさんたちの姿が消えたのは、パーキンソン病の治療薬、L-ドーパの毎日の摂取量が変わってからだ。FPの量が当時の僕には強すぎたのだ。女房の話によると、僕がＦＰを飲んでいる間、僕は落ち着かぬ様子で、人との約束時間は忘れるし、パソコンを打っていても堂々巡りを繰り返したり、そしてそれらの異常を僕はまったく知らない風だったという。薬に頼りすぎるのは危険である。

夢の新薬がダメで偽薬が効く場合も

パーキンソン病の患者にとって長期にわたる薬物療法で起こる日内変動こそ、いつかそこから脱したいと考えている夢だろう。ウエアリング・オフ、オン・オフ（スイッチを切ったり入れたりするように症状が出現したり消えたりする）現象といわれるその症状は、長期薬物療法で薬も効かなくなるうえに、治療とは関係ないかのように体が勝手に動いてしまう。まるで精神と体とが分離されているかのようだ。

もっとも日内変動の症状の現れ方はさまざまで、幸いにもといってよいかどうか、僕の場合まだ体は柔らかく、時と場所によってはまるで頭のてっぺんから足の先までの健常者と見られることがある。それでも、僕が病人であること、それも要介護四の立派なパーキンソン病患者であることは紛れもない事実であるのだ。

このような状況の中で数百億円の新薬の開発が行われるが、それがよい薬かどうかは分からない。仮に問題の症状には効果があっても、別の部位、パーキンソン病であれば、関係のない心臓系統に副作用をもたらすかもしれないのだ。薬とは本来、効く薬ほど副作用も強くなるといわれる。医療人、薬業界人、患者サイドはそれでもさらなる効能のある新薬の登場を望む。

薬にはプラシーボ効果といわれるように、偽薬が効く場合もあるし、「夢の薬」が効かない場合もある。人それぞれであり、新しい薬を考える時にはあまり四角四面に考えないほうがいい。

どこまでが夢？　――体内時計が助け舟

昼食のあと軽い気持ちでうとうとと午睡を取ったのが大きな間違いだった。たった数十分のうたた寝にすぎなかったはずなのに、僕の意識はそれによって夜まで縛られてしまった。なぜこんなことが起きたのか。新しいパーキンソン病治療薬への変更などがあると、かつてはその前後、効果・副作用などをめぐって、慣れていない薬のため症状などにもさまざまな影響が出た。

動物は、体内時計と呼ばれる時の経過を計る機能を体内に持っており、これが地球の大自然、ひいては宇宙を生命体が生きていくのを脇から支えてくれている。人の場合も、外界の刺激に対して人体はその恒常性（ホメオスターシス）を維持するため適応機構を持つという。

この日、うたた寝から目覚めると、午後の太陽は中天から西に傾いており、その日差しはなぜか明け方を思わせるものがあった。

僕はその瞬間、思わず「しまった。寝すぎてしまった。それにしてもよほど疲れていたんだな」と心の中で叫んでしまった。寝ている間に日は変わったものだと思いこんだのだ。実際の時間は午後五時半だった。

家族五人で話しているうち、電気店へ新しい携帯電話を買いに行く話がまとまった。街へ出ると、車の数は少なめで、どの車の運転もなんとなくおとなしげ。各店舗の客を見てもいささか少ないが、早朝でまだ仕事は始まったばかりと、僕の目には写った。だからこの時点でも僕はまだ、時刻は早朝と見ていた。

物事に対する五官の最初のこうした具体的印象は直感的であるためになかなかぬぐえないが、この日はビルの窓が僕の意識が夢から覚めるための大きな役割を果たした。

外の様子を知るため時折、車椅子から外の景色を眺めていたが、見るたびに窓の外の光は暗くなり、夜のとばりが降りていったことだった。まだ時間はその日の夜であることが分かるのに、およそ三時間もかかってしまった。

動物は、種に応じたユニークな体内時計と呼ばれるときを計る装置を体内に持っているが、人の場合には約二十四時間を一巡りとする他の動物に似た体内時計を持っており、このためにまっ暗やみの中にいても一日が終わったかどうかが分かるのだ。また、病院によっては手術直後の患者に早朝の日の出を見せることで早く時間感覚を取り戻し、治療を早める効果を実践しているところがある。僕の場合も、こうした体内時計が普段なら正確に働くが、この日は調子がズレたようだ。

パチンコ依存症

パーキンソン病薬はカバサール、ＦＰといった劇薬など強い薬が多く、患者にはさまざまな症状、副作用が出る。僕は数年前胃の噴門部に腫瘍ができ、内視鏡手術で取り除いたが、この腫瘍も薬のせいではなかったかと疑っている。

パーキンソン病の場合、医師も患者に対する薬の効果を知りたがる。それは医師といえども、パーキンソン病薬の作用で知らないことがけっこうあるからではないか。ひょっとしたら、彼らはメーカーからやってくる各薬を専門的に担当するＭＲほどその薬に関する情報を持っていないのかもしれない。患者も独自に情報収集をする必要があろう。

パーキンソン病薬の飲みすぎによって、ギャンブル依存症になることのあることについて藤本健一・自治医大助教授が注意を喚起している。藤本助教授はこうした患者を四人診察したことがあるといい、依存性があるのは全体の一〜二%であろうと推定する。しかし、パーキンソン病薬の飲みすぎは薬漬け傾向としてありえるし、患者サイドからは言い出しにくい話でもあると考えれば、依存症の患者の実態はもっと増える。

僕はＬ－ドーパとＦＰという薬を併用していたとき、当時の体には強すぎる薬の量だと感じていたが、確かにギャンブル依存症になった。依存症に至る道筋は定かではないが、そのころ僕はまるでパチンコに夢中だった。

僕はもともとパチンコはきらいではなかった。大学時代、すしが食べたくなると大学のそばのパチンコ屋に入って軍資金を稼いだり、休みで帰京する前に乗車運賃代を稼いだりしたことはあった。

しかし、それはそれで、そのときだけのこととして終わった。だが、パーキンソン病薬を服用していたときは違った。ただただパチンコがしたくて仕方がなかった。預金通帳を見ると、金がなくなるたびに一日に何度も何度も金の入金、引き出

しのため銀行へ駆け込んでいたあとがはっきりとわかった。もちろん、引き出しのほうがはるかに多かったが。

初めは預金通帳の中でことは済んだが、そのうち予定した原稿料が家計に入らなくなったりするようになり、僕はこと金に関しては信用を失った。

たまらなく眠い

「あ、危ない」

夕餉の食卓を囲んだ家族の誰かが悲鳴に似た高い叫び声を上げた時、僕の体はまさに九〇度前のめりになって、そのまま行けば時を待たずして食卓上のスープの皿に顔を突っ込む姿勢になっていた。誰かの機転で皿はいつのまにか片付けられたが、僕はスープを片付けた後の何も載っていない食卓に直接額を強くうち、しかも同時に左腕の力がぬけたので手に持っていた茶碗が床に落ち、一瞬のうちに茶碗は砕け散り、割れた破片が足元に飛び散った。僕の対応、反応はその間、そばで見ている限り緩慢だったのひとことにつきるという。一見何気なく、すでに意識は眠りのモードに入っていたのだ。

こんなことになった原因ははっきりしていた。L-ドーパのアゴニスト（補助薬）ドミンをこの日の夕食前に飲んだためだ。ドミンは一般名を塩酸タリペキソールといい、わが国でのみ、ドーパミン作動薬として使用されている。特徴は心臓・血管系への副作用、および消化器症状が少ないこと。

副作用は眠気以外の症状は少なく、僕の場合はドミンを一錠飲むだけでひどい眠気に襲われる。ふつう薬は長く飲めば飲むほど馴染んで効かなくなるのだが、僕とドミンとはもう何年にもわたるつきあいだ。時には時間をまちがえたりすると上半身が船をこぎ始める。その間誰かと話していると次第に話の内容に辻褄の合わない部分が生まれてくるため、自分も周囲も眠たがっているのに気づくのだ。完全には寝入っていないが、さりとて、覚醒状態ではないという、まことにあいまいな状況に置かれているのだろう。

パーキンソン病の薬は眠くなる薬が多く、薬を飲む場合、自動車の運転など十分注意する必要があろう。僕の場合、ドミンを飲んだら二〇～三〇分やすむことにしている。

明け方の怪

僕はよく、明け方に目覚める。といっても時刻は午前四時～五時ごろのことだが。これはたんに常用の睡眠導入剤の影響によるものばかりではない。明け方の僕の様子を見て知っている人は、昼間の意識から解放された僕の意識が規制状態をはずれ自由に動きだす時刻であることを知っているからだ。言い換えると昼間は無口、あるいは壁のようだと、時にいわれる僕が、毎日、午前四時近くになると目を覚まし、同時にしゃべりだすという。

その時刻、外はなお暗く、しばらくしてようやくあたりは青みを帯び、事物そのものの輪郭がはっきりしてくる。

この時刻は、ちょうど寝ている間に尿が溜まりトイレに立ちたくなる時だ。生理的にも、体は覚醒を欲しているのだ。

僕の様子を見ている人の話によると、僕は目覚めるとあたりをうかがうように、消え入りそうな声で少しずつ、しゃべり初め、やがて饒舌になるという。最初のうちはわけの分からぬことを昼間よりわけの分からない呪文のような声でいっていたのが、同じ問い返しの「え」ということばでも、次第に大きなはっきりとした、はりのある声に変わり、話の内容も分かりやすくなっていくという。僕の饒舌な時間は一時間半ほどあって、そのうち話題が途切れたりすると、僕の様子を周囲で寝ているふりをして聞いていた人たちにもほんものの睡魔が訪れ、あたりは元の静寂を取り戻す。空間は無駄な枝葉をそぎ落として、元の静寂を取り戻すのだ。こうしたことは家族にとってはよい迷惑になるかもしれない。僕自身のせいで、最もスヤスヤ寝ていられたはずの明け方の至福に満ちた時刻をフイにしてしまうことになるからだ。

加えて、明け方の僕は水面が波立たない日ばかりではなかった。寝ているふりをしている家族を驚かすばかりのパフォーマンスを演じることも少なくないのだ。

そんな時の僕は地球防衛軍の一員だ。地球にやって来る目に見える侵略者に対して対抗するわけだ。時には我知らず、自分のベッドの上に飛び乗ってしまうというから、はんぱな気分ではないのだろう。しかし、にもかかわらず、そのような記憶は鮮明な形ではなかなか残らない。「また一人、無駄に起こしちゃった」。僕、反省しきりだ。

汗が原因の不定愁訴

冬の寒い日差しと、アスファルトの道路がとろけだしそうな真夏の日差しのどちらが好きかと問われれば、僕は躊躇なく真夏の日差しを取る。真夏の日差しは日陰に入らなければ、もちろんすぐ大汗をかいてしまい、下着は汗でぐしょぐしょになってしまうが、寒さによる体調不良の晴れ間のないうっとうしさに比べれば、大汗をかいたほうがまだまだましだ。

夏など背広を着て仕事に出ると、その日の夕方にはどんな背広でも背中に真っ白く潮が噴いた状態になっている。僕の汗は健康な汗というより、自律神経系の混乱によるもので、僕の持病、パーキンソン病と関係があって、玉の汗には毒性の強いパーキンソン病治療に使われた薬がカクテルのように交じり合っている。

パーキンソン病が原因で起こると思われる不定愁訴のうち、汗が原因のケースがかなりある。起きている間は自分が汗をかいていると分かるからよいが、意識による心の規制が弱くなり、無意識が不分明になる就寝中にはおかしなことが起きる。例えば、寝ている部屋の温度の調整がうまく行かず、汗が出ると、その汗が染み込んだ布団などを、患者は自力では跳ね返せないほどの重さがあると受けとめてしまう。汗のせいでそうなったとは露知らずに。

僕の場合もどんなに軽い布団も、とても一人では動かせないものに思ってしまうことがしばしばある。患者にとっては羽毛の上掛け布団も、何トンもの重さがあって押しつぶされそうだという感覚に取り付かれてしまう。だから健常者ならそれこそ数秒ですむベッドから立ち上がる動作が、患者だと途方もない時間がかかる。

普段、僕らが意識することもなく何気なく行っている行為のなかには、パーキンソン病になると、それこそとてもできない動作が数多くある。

体が固まる

ここ二、三日は秋の青空が広がり、風はさわやか、体は内側からマッサージをされているような心地よさ。僕は、そんなパーキンソン病患者にはこのうえない気候に誘われて同じ市内に住む知人を訪ねた。知人は長く膝関節を患い、これまで訪れるたび昨年の手術後の体調の悪さをぐちっていたが、この日は別人のように体は安定、しっかりとした足どりで歩いていた。

家に上がるまでは良かったが、居間で籐椅子に座ったとたん、僕の体は筋固縮が始まった。

冷たい床に裸足の足で一時間。その間じっと動かずお行儀良く。これに体の状態が少し変だという自己暗示意識、さらに椅子の高さ、形状も、それは微分方程式ほどの変化でしかないかもしれないが、微妙に影響する。体は確実に固縮への道を落ちてゆく。こうなると僕の体はガチガチになって動かなくなる。それぞれの筋肉の緊張が取れ再び普通の人に戻るのは、早ければ数十分、長くなると数時間かかる。

全身のこわばりが抜けるのに、体調がよい日は数十分。椅子に座った状態で片足ずつ膝まで持ち上げもみほぐせるようになれば、そろそろ筋固縮は終わりとみてよいだろう。このような筋固縮は股関節を中心に痛みを伴いながら一日何度か起きる。正直に言って苦しいものがある。ひたすら我慢。

椅子

むかしむかし、僕が健康だった時に比べ、最近は椅子に対する目が肥えてきた。
今、自分にピッタリの椅子を選ぶとすれば、椅子の高さと頑丈な肘掛けが付いていていること。

昔なら少々華奢でも形のいいものを選んだかもしれない。しかし今は違う。長く座っていると腰から下がしびれてくる。下手をすればつってしまうかもしれないので、そのようにならないために自分の体に合った高さが大切だ。

肘掛けは体操の吊り輪のように、ときには体重が載った両腕を支えなければならない。これはなぜかというと、僕のパーキンソン病の一つの症状としてオン・オフがあり、オフからオンに変わるとき、かなりきつい調子でバタンバタンと立ったり座ったり準備体操を始めるからだ。

これは体が勝手に動くためで、僕自身に責任はないのだが、椅子の肘掛けにかかる重量は今の体重六五キログラムをはるかに超えているだろう。下手をすれば壊れてしまうかもしれない。このようにパーキンソン病患者の僕の椅子は過酷である。

以前、車椅子を持ち歩いていなかった頃、女房は大変だった。外出して僕が疲れたとき、休み場としての椅子探しに苦労したそうだ。安っぽいのはダメ。がっしりしたものがよいのだが、あまりふかふかしたのもダメ。丁度よいのをウインドウ越しに探して、それを見つけたら初めて喫茶店のドアを開けるのだ。

病気のお陰で椅子に対する目はこのように肥えた。自分の座る椅子について色や形だけでなく高さやクッションにもこだわり、気にすることができるようになった。

洗腸

八王子市内で開かれる食品会社主催のクリスマスの食事、正月のおせち試食会に備えて体調を整えておこうと、このところサボっていた洗腸をまずやった。じつは二、三日前から体調が思わしくなく、気分はイライラ。言葉もはっきりとは聴き取りにくくなっていた。僕は杜撰な人間だが、自分と、自分を取り巻く環境を第三者的に見るのには慣れていた。

パーキンソン病患者で、気分も悪く、だるくてしんどそうな人を見つけ、その症状の原因らしきものが見つからないとき、まず疑うべきは腸の状態だという。洗腸はおよそ二〇分間。この間に多少温めた水を二度、計約一リットル、肛門を通じて腸内に入れ、その水と一緒に腸壁などにこびりついて溜まった汚れを便と一緒に流し去る方法で、これをやると腸壁がきれいになり、吸収が良くなる。

腸から吸収された食べ物の栄養などはそのままエネルギーになり、体内を回って体を動かし維持するために使われる。これが便秘になると宿便が溜まったり、腐敗した食べ物のカスが赤血球とともに体内を回りだす。だからパーキンソン病の特徴の一つに便秘があるが、この便秘とパーキンソン病の関係はよく分かる。

僕は、洗腸をするときは体がオン（体の動きが正常に近い）状態のときに二回と決めている。

洗腸のおかげか、昼過ぎから始まった試食会に、僕はなんとか出席することができた。しかし、この洗腸の効果の終わりは意外に早く来たことだった。

エステ

エステといえば、もっぱら美しくなりたいという、時間とお金をもてあます現代女性たちのサロンというイメージが強い。医療機関ではないので、エステは美容に役立てばそれだけでよいとする考えの人もいれば、胡散臭そうな目でエステを見つめている人もいる。

このエステに最近、僕はこっている。エステに行きたくなると目にすぐ浮かぶのは、自宅のある八王子市内にあるこぢんまりとした「エステの家」だ。車だと約三〇分。民家の二階で古市里美さん（三十三歳）がひとりでやっている。近くに住むお母さんが毎日、手伝いに来ている。外から見ると、ここでエステとはとても信じられない。部屋に入ると、タイでエステを学んだ帰りに東南アジアで買ってきたという郷土色豊かな仏像や彫刻品、布、什器、飾り物などが床に並べられたり壁にぶら下げられ、たぶん、それがエステらしいという雰囲気をつくりだしている。

エステのコースは頭のてっぺんから足の先までいくつかあるが、僕がいつも注文するのは頭のエステだ。ベッドで横になってリラックスした僕の首から上の頭部を、タオルで温めながらゆっくりと両手でもみほぐしてゆくのだ。頭のエステが終わるといつも気分は晴れ晴れとして、パーキンソン病のため硬くなりつつある体も、軽くなった気がするのだ。

ひるがえって、現代生活におけるストレスがパーキンソン病の大きな原因の一つともいわれている。ストレスによる交感神経緊張状態が継続すると自律神経の乱れに起因する脳の血流障害が起き、それによって神経細胞が死に始め、神経伝達物質の分泌が減少し、パーキンソン病になるという仮説だ。一般にドーパミンとよばれる神経伝達物質の量がもとの二〇％以下に減少すると、パーキンソン病の症状が起こるといわれている。エステの新しい点は、リラクゼーションを原理にパーキンソン病の症状改善のため頭蓋骨の中、脳内に入り込む必要がないことだ。

そういえば、医療の場でも頭を頭蓋骨の外側から刺激して治療する方法が、今、試されている。

春が来た

日ごとに春らしくなってきた。冬の厳しい寒さも次第に遠のき、春が透けて見えてくる。淡いピンクの桜の花が日本列島の北から南までを埋め尽くすにはまだ一喜一憂しなければいけないが、ともかくも春は確実に近づきつつあるのだ。

それにしても、今冬はこれまでになく体の調子が良くなかった。寒さがだんだん応えるようになってきたためか、寒い日など体がしびれ、原稿など書く気もしない日があった。そんな時は寝ている体をダンボールで囲い、直接寒気が体に当たらないようにした。これではまるで家庭内ホームレスだ。今でも窓際の床の上にはダンボールを立て、下から忍び寄る寒気を防いでいる。こんな感情が湧いてくる日などこれまでなかったのに、これは病状が進んだせいだろうか。天気のニュースで冬型の西高東低の気圧配置に寒気団が日本列島にやってくるなどと予報された、もうそれだけで体が固縮を起こし動けなくなってしまうのだ。いったん固縮を起こすと立っていられなくなり、固縮がなくなるまで水平生活に入らざるを得ないが、これほど激しいことはこれまで起きたことはなかったし、水平生活の時間も何時間かかるか予測がつかなくなった。寒さが僕の生活にとっていわば天敵のようなものになってしまった。

ようやく春めいてきた季節を感じて僕はほっとしているところだ。あのひどい固縮で体が痛くなる冬がいつまで続くかと考えるだけでも、僕の神経はすり減らされた。しかしそんな日々ともおさらばできる暖かな日々がもうすぐやってくる、そんなことを考えただけでもうれしくなって、子供のように大声で叫びたくなる。暖かいということは、それくらいパーキンソン病患者にとってはストレス上の大きな問題なのだ。僕の場合、つい最近の温かさだけでもその影響はオンの時間を一日およそ二時間延ばして八～九時間にしてくれる。

僕の病院での治療は、今、L-ドーパを中心とした薬物療法だが、冬から春になる自然の変動が病気に与える変動のほうが、薬に劣らずいい影響を与える気がする。

花を愛ず

この季節、わが家の庭の花壇ではさまざまな花が咲き誇る。黄色い可憐なロケット弾型の形をしているカモミール。その群生に隠れて、真紅でまさに大輪と呼ぶにふさわしいアマリリス。風が運ぶ香りがすばらしい薄紫のラベンダー。そして生きることに意外にしぶとい蘭のデンドロビウム。品質改良で形にもとのイメージがなくなってとてもチューリップとは見えない新種のチューリップ。大きさ、色、開花期がそれぞれ違う花々が咲きみだれる。

僕は日々の生活の中で疲れると、しばし花壇の傍で美しく咲いた花をじっくりと見つめる。そんな時思うのは、花は美しい花という形式を借りて体いっぱいの自己主張をしているということだ。僕はそこが好きで咲いている花をじっくりと見つめるのだ。花は立派に生きている。人間さまは僕のように自分の患っている難病に、時には花を相手に、恨み節を吐いてみたりする。花はそんなに狭い了見は持っていない。静かなたたずまいをそのままに、人のささくれ立った神経を癒やしてくれる。花は自律神経系の副交感神経をリラックスさせ、それがパーキンソン病にも良くないとされるストレスの解消になっているに違いない。いわば僕と花との間には応答があるのだ。

加えて、経済的にも花は安くつく。猫の額というか、どんなに狭くとも樹木を植えた庭は、きれいに維持するために年一回は必ず専門の庭師を入れなければならない。一方の花といえば、三色スミレなど一般によく知られた花だと、大型のホームセンターで安く買える。チューリップの球根は一個二〇円くらいからある。蘭だとシンビジウムは二カ月も楽しめる。予算的にみても、花は樹木にかけるお金の何分の一かですむ。

声

例年より早く開花した桜を見て心なごむ思いがするが、その一方で、既に過去の時の中にはいってしまった今冬は、僕の神経細胞にとってこれまでになくパーキンソン病の症状の発現を経験させられた。もともと寡黙だった僕はますます他人から寡黙に見られ、下手をすると他人とコミュニケーションのできないある種の欠陥人間、変人とまで見られるようになった。顔の表情に硬直が見られ、言葉が時によってはっきり伝わらなくなってきたせいだ。不思議なことにカラオケなどでは好きな、例えば音域が広く意外にうたうのは難しいといわれている「ダンシング・オールナイト」や「夢一夜」のような好みの歌をうたわせれば、他の人をうならせたり、カラオケ室にある歌の上手下手を評価する機械で一〇〇点満点で九〇点を超す得点が出てくるのに、ほんの脇を歩いている人とのコミュニケーションが成り立たない時があると、きつくいわれることがあるようになった。もちろんこの時僕はいつもと同様、僕の話す言葉とその意味ははっきりと相手に伝わっていると思っているのだが、じつは相手の耳にまで、僕が予期していた以上に声が小さかったり、声がこもったりで届いていないケースが出てきたのだ。これはおそらくパーキンソン病の影響であろう。

僕は同じ耳で聞いているため、時によって体調によっても違ってくる音量の差に気付くのは難しい。声を出すと何でもばれてしまうとはかぎらないし、ひそひそ話でなくとも、意外に人は分からないということもよく分かった。

今は体の調子によって僕の言葉は聞きづらかったりぼそぼそと聞こえたりするということを理解するようにはなったが。それにしても、声がこれほどまでに拡散せずに相手との位置関係に支配されていようとは、思ってもみなかった。

小さい頃少年合唱団にいた僕は、こうした事態は不本意なので、理学療法士に頼み、現在リハビリの真っ最中だ。「五十音」を繰り返し繰り返し大きな声で叫んでみたり、顔の筋肉をマッサージしたり。とにかくどこから聞いてもはっきり聞こえて、内容も分かる言葉の発声練習に力を入れている。電話口に立っているその日の健康状態はすぐに相手との話の中で明らかになってしまう。とにかく一番いいのは相手と向かい合ってしゃべることなのだ。

楽しかった時ほど病気がうらめしい

グアム島のレストラン「トニー・ローマタモン店」は、海の幸が豊富なタモン湾を見下ろすホテル、ロイヤル・オーキッドの二階にある。なんといってもこの店の自慢はアメリカ・リブコンテストのナンバーワンに輝いた実績のあるバーベキューリブと、中身がいっぱいに詰まった体長約三〇センチはあろうかと思われるロブスター料理だ。

年代のにおいを感じさせるかすかな暗さを、墨で流したようにいつも漂わせる古ぼけた客室内。不思議なほど柔らかなリブらしくないリブに加えて、海老のエキスそのものをいっぱいに詰め込んだようなロブスター。僕は出てくる料理を周囲の目をはばかることなく素手で口に運んだので、皿に盛った料理を運んでくる女の子が料理をテーブルに置くたび、僕の顔をのぞきこむように見ながらうれしそうに、たどたどしい日本語で「美味しい?」「美味しい?」と聞いてきた。女の子は「美味しい」という日本語しか知らなかったのだろうが、かえってその方が彼女の存在感を際立たせた。小柄でまだあどけなさの残る顔立ちには、かつて何処かで出会った懐かしさを感じ、顔の各部位間の位置はある比率でつくられているように整っていた。その絵本からぬけ出してきたような魅力にひかれた僕は、「美味しい?」という声を聞くと、料理の中にうずめた顔を上げ、時には彼女をいとおしそうに見つめうなずいたのだった。そんな時、彼女自身まるで自分自身が「食の精」でもあるかのように嬉しそうに笑い、ほめられたことに純粋に、喜びを表した。しかし、彼女との出会いの時も、そこまでだった。料理もそろそろ終盤に差し掛かろうかという時、僕の体はここ二十年ほど悩んでいる持病のパーキンソン病の症状が出てしまったため動かなくなった。仕方なく席を途中で立ち、レストランが入るホテルのロビーのソファで横になって休んでいたが、その間に、彼女の仕事の時間は終わってしまったのだ。

パーキンソン患者ももっと外へ出て旅や人生の体験を重ね、同時に人生を生きる楽しさを知ってよいのでないかと思う。

雨の降る日は具合が悪い

二十八日朝は東京地方はさわやかな秋晴れとなり、窓を開けると早朝の空気が部屋の中にどっと入ってきて爽快な気分だった。昨日夕刻から降り始めていた雨は、日本の南海上にあった低気圧が北上して日本列島を覆っていた前線を刺激し降らせたものだったが、早朝の午前六時前にはすっかり上がり、この日は平年より気温も三度も高く、僕にとっては久しぶりの体調によい天候になった。パーキンソン病と天候との関係についてはいろいろといわれ、人によってその影響はさまざまだが、高気圧と低気圧の気圧の変化が自律神経のバランスを崩すということがいわれている。医師・福田稔氏と新潟大学大学院医学部の安保徹教授の共同研究によって生み出された福田・安保理論によると、自律神経の乱れが免疫力を低下させ病気を引き起こすという。パーキンソン病はこの自律神経の乱れと関係ありとすれば、同病の症状も天候に大きく作用されるわけである。

そういえば僕の場合、天候の悪い日、雨降りなどには、薬を飲んでも効き目がないほど体調が悪くなる時がある。だから僕は冬が大嫌い。まだ暑い夏の方が好きだ。これから寒い冬に向かって時が過ぎていくが、寒い冬になれば毎日早く春が来ないかと暖かい日の到来を待ち望むことになる。

ものすごく深い体調と天気の関係

正月を過ぎると、毎年僕はぽかぽか陽気の春が早くやってこないかと、指折り数えはじめる。妻が中心になってまとめている枕元の十年日記を読むと、季節はめぐって毎年ほぼ同じような時期の同じような天気の日に、同じような体の不調を訴えている。このようにパーキンソン病と天気との関係は非常に深いものがあると思う。

特に、冬は僕にとっては良くない点で関係が深い。だから冬はできるだけ短い方がよい。春が近づいている指標となるのは、奈良・東大寺のお水取りだ。これをさかいに、日々の気分の高揚感も違ってくる。そうした変化をまだ自分の体が感じ取れることをうれしく思う。

ところで、日記の一九九九年一月十七日の欄を見てみよう。この日は「洗腸をしたものの、調子が悪く、夜中ほとんどオロオロしていた」と書いてある。洗腸とは強制的に腸へ水を送りこんで腸を洗うことで、気分が悪い時に行うと僕は気分が改善する。わが家ではよく行う「治療」の一つで、関心のある読者は試してみたらよい。そういえば一九九五年一月十七日は、死者五三〇〇人を出した阪神淡路大震災の日だった。

続けて、翌二〇〇〇年一月十七日も「一日調子が悪く、困っていた」とある。このように季節の中で体調の変化は繰り返される。地震のような自然災害と僕の症状の因果関係はよく分からないが、十年日記もいまや二冊目に入っている。

　僕はパーキンソン病になるまで、これほどまでに病が気候とつながっているとは考えなかった。冬は下半身が冷え、特に僕の場合は足の中指が冷え、そうなると全身の調子が悪くなる。ただ、靴下を履くと、足の両小指の端が靴下の布とすりあって痛むので、靴下は履かない。薬のＬ－ドーパを増やす方法もある。しかし、これには副作用が伴う。僕の場合、長年薬を飲んでおり、薬の量はすでに限界に近づいているともいわれる。

　寒さのほか、熱帯性低気圧が日本列島を覆った時も体の調子は良くないし、僕の住める土地は限られ、とても雪国では暮らせないだろう。沖縄あたりにでも転居しようか。かといって、沖縄は温かい代わりに台風の通過点になっている。フ～ム。

交流磁気治療器

僕がパーキンソン病と診断されて二十年。この間僕は、医師の治療のみに頼って生きて生活をしてきたわけではない。聞き耳を立て、どこか民間療法などによい方法があればすぐ試してみた。民間療法という日本語はそのもの本来の価値を貶めてしまうが、その中には人の英知が含まれている場合も少なくないのだ。その一つが交流磁気治療器だった。僕は二十年近くこの機器にお世話になることで疲れを取り、難病の症状の進行を驚くほどおさえ、生活の質を確保できたと思っている。

同機器は電電公社の技術者だった故石渡弘三氏が開発し、磁気が生体に与える影響については元いすゞ病院院長・故中川恭一氏が研究した。当時、磁気治療器は医療界にはなじみがなく、中川氏の研究は医療界のさまざまな非難・中傷も受け、賛否を呼んだ。中川氏は名門東大医学部柿沼内科の出身の秀才だが、この磁気の研究を続けたため出世の道を絶たれたという。この磁気治療器は、(株)ソーケンメディカル(本社・東京都豊島区)が製造販売している。

原理は、人体に磁気を作用させると体内に電気が発生、血液中の成分のイオン化が進み、それが自律神経の働きを調整し血行をうながすという。大方の病気、疲れは血行が良くなれば治るし、体の調子が悪いのは血行が悪いからなのだ。治療器から出る電磁場で人の体全体をつつみこめる形に治療器をセットすれば、寝ている間に疲れが取れる。

さらに磁気は唯一骨、頭蓋骨を通過できるので、核磁気共鳴装置に使われたり、脳を開かなくても脳内の診断・治療に応用できる。

僕はこの機器を初めは信用していなかった。たいした効果はあるまいとたかをくくっていたのだ。使ったり、使わなかったり、いい加減にしていたので、効果ははっきりしなかった。一方、当時僕は日本では初めての社会保障年鑑「WIBA」を企画から完成まで八カ月という速さでつくっていた。執筆者は一〇〇〇人を超し、各原稿間の調整も僕の役割だ。はたして期限に間に合うか。僕は編纂室長として全体のタクトを振りながら、さすがに疲れきっていた。疲れを速く取らないと大変なことになる。そのときだ。交流磁気治療器のことが頭を掠めたのは。磁気はこんどははっきりと期待通りの役割を果たし、僕は元気を取り戻した。このとき以来、治療機器を埋め込んだベッドでこの二十年ほど毎日寝ており、これが元気の源泉になっていると信じる。パーキンソン病に禁物なのはストレスであり、この医療機器はさらにこのストレスもきれいさっぱり取り除いてくれる。

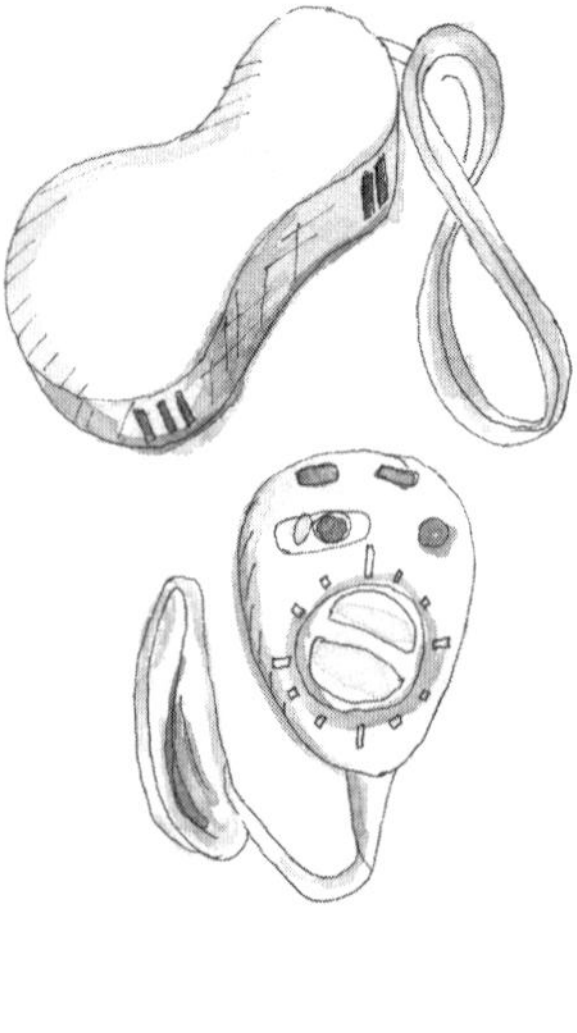

第二部

つむじ風くん

「ウウ、イテテテ」。磁気針で頭を引っかき回される、あまりの痛さに僕は思わず叫んでしまった。治療室にいたそのときの僕は上半身裸、頭はその診療所職員数名によってヘッドロックされ、体は動かしうる状況にはなかった。新しい免疫療法、自律神経免疫療法を新潟大学大学院医学部教授・安保徹氏との共同研究で考案した福田医院の医師・福田稔さんが今、関心を持っているのは、「気」を病気・治療の中心に据えた「つむじ理論」と呼ばれる治療法。治療効果もあげている。「気」とは「病は気から」の「気」で、治療効果はガンをはじめアトピー性皮膚炎、さらに難病のパーキンソン病など広範囲におよぶという。

パーキンソン病患者のL－ドーパ療法など副作用の強い限られた療法が頼りの病

に悩む患者にとっては、別の療法があるという意味では朗報だ。

治療方法は頭のつむじを起点として、こめかみや耳の後ろなどを通って頸部や前胸部、背部にいたる何本かの線上に「治療点」を探し、そこを、先のとがった磁気針で刺激してゆく。僕もたいして痛くあるまいと思って試してみたが、こと予想に反し、痛さには激しいものがあった。職員数名でヘッドロック、動けなくなった頭を磁気針で治療点に沿って突き立てられてゆくときの痛さといったらなかった。終わったときはさすがにほっとした。全体として、体に対するショック療法だという気がした。

治療が終わると、気持ちはこれまで味わったことがなかったほどすっきり、さわやかになり、体全体が弱々しく震えているようなパーキンソン独特の症状は止まった。

このつむじの理論は中国に古くからある経絡の考え方に似ている。

しかし、経絡の中心は頭の頭頂部にある百会であり、一方つむじの理論では、あくまでつむじだ。道具もつむじの方は両端がそれぞれ三五〇〇ガウスと四〇〇〇ガウスの磁気針だということだ。

パーキンソン病は治らないか——安保先生

パーキンソン病は、本当に現代医学、医療では治せない難病なのだろうか。パーキンソン病を難病とする根拠はどこにあるのか。精神・神経疾患の中では患者の数が一〇〇〇～二〇〇〇人に一人と最も多く、今後の高齢社会の進展で患者数の増加が予測されることから、世界中の同疾患に対する研究が進んでいる。その中で、パーキンソン病はストレスによる自律神経（意思とは無関係に内臓諸器官の働きを調整している神経）のバランスの乱れに起因する、脳の血流障害が原因であり、進行は食い止められるとの新しい理論を打ち出したのは、新潟大学大学院医学部の安保徹教授だ。

安保教授は白血球の自律神経支配のメカニズムを解明し、免疫学の先端で活躍する学者である。

「パーキンソン病は自律神経の乱れに起因する脳の血流障害が原因の病気であり、自律神経のバランスを整えて脳の血流を改善させれば、現代医学では不可能とされている進行を食い止めることができる」と教授は言う。さらに、教授は「脳の血流が少なくなると、脳の神経細胞は酸素不足や栄養不足に陥り、活力を失っていく。するとと神経間の伝達物質の分泌力が衰え、やがては細胞自身も死んでいく。これがパーキンソン病の原因」と説く。

人の体は数々のバランスの上に成り立っており、人の体が思ったように動くためには動かそうとする力と止めようとする力のバランスが必要だという。このバランスをそれぞれ反対方向に働くドーパミンやアセチルコリンといった神経伝達物質の増減で指令、調節しているのが、大脳の中央部にある線条体だという。体を動かそうというドーパミンが減少し、一方、アセチルコリンが増えると、体を止めようとする力が強くなるため、体のバランスが崩れ、体が動かなくなる。

自律神経が内臓諸器官の動きを調節する際、交感神経、副交感神経のそれぞれの末端からアドレナリン、アセチルコリンを分泌するが、過度の交感神経の緊張状態はパーキンソン病発症の引き金を引く。交感神経の緊張は血管を収縮させて機能的な血流抑制状態を作りだすと同時に、それが長期に及ぶと、今度は活性酸素によって動脈硬化という器質的血流抑制状態を作り上げ、影響が脳血管に及んだとき、パーキンソン病を発症することになる。

楽しいはずの観劇

新聞販売店の抽選に当たり、新橋演舞場に今をときめく中村獅童主演の舞台劇

「獅童流　森の石松」を女房と二人で観劇に出かけた。このところ一日のうち何度か筋固縮に襲われ、そうなると私は歩けなくなるので、女房は車椅子を持ち万全の準備をしたうえで出かけた。

同演舞場へは年二、三回行くが、席はいつも三階一番上の列の端の席だ。そこだと観劇途中、持病のパーキンソン病の症状が出ても、ほかの客の迷惑にならずに廊下に出ることができる。

「獅童流　森の石松」は、途中休憩の三〇分を除いて約三時間。この舞台劇は中村がよくいう「アバンギャルド芸術」の典型的作品で、色彩や大道具、小道具、照明が効果的に使われ、内容を面白くさせていた。この「森の石松」は私も椅子に座ってじっとしていられる限界時間とほぼ同じだったので、ほとんど全編をかなり久しぶりに見ることができた。

集中したせいか、帰りに体が固縮状態になり、おかげで帰りは車椅子に座ったまま。それを女房が押して歩いている状態になり、これは帰宅するまで変わらなかった。

このように外に出て何かと接触したい、味わいたいという欲求は絶えずある反面、そのために周辺の人の負担が増すということを考えると、こちらとしても気が引けるので、何らかの新しいシステムによって周辺の人の負担がそれ以上増えないようにしてもらいたいものだ。

不定愁訴の解消へ——中国シルク

わが家ではよく海外旅行に出かけるが、そのために各人は新聞などの折り込み広告で格安の旅行プランを探すのに力を入れている。旅行では歩けないことがあるので車椅子が必要で、その点については家族の世話になっているが、楽しみな家族の行事の一つだ。

大体行く先は中国が多い。理由は中国で特定のある買い物をしようとの狙いがあるからだ。それはシルク製品である。

中国のシルク製品がわが国で買うよりもはるかに安く買えるし、質のよいのも多い。行き帰りの運賃、ホテルの宿泊料金も安い。

一方、パーキンソン病患者にとって、衣類など身に着けるもの、生活の中でよく触れるものは、とかく不定愁訴の原因となる。不定愁訴は最も個人的な症状で、医者は切り捨てがちな分かりにくいものだ。

しかし患者個人にとっては、日々の生活の中で格闘の対象だ。例えば、布団なども寝ている間に汗を吸うと、患者にとっては、鉄板よりも重く感じられ、押しつぶされそうな気分になることがある。下着も風通しよく、渇きが早い素材でできたものがよいとされる。

結論としては、衣類や身の回りの素材は皆シルクがよいということになる。僕の衣類などはシルクが多い。下着やパジャマ、ポロシャツなどなど。一見贅沢に思われそうだが、これが中国では破格の値段で取り揃えることができるとなれば、話は違ってくる。

中国の空港の免税店で、シルクの上掛け布団が六〇〇〇円で買える。日本で手に入れようとすればそれだけでそれこそ三～四万円は下らないだろう。でも品質は日本製と変わらないかそれ以上。安い旅行に加えて、帰国後の日本で生活の質を高めてくれる。ものは考えようではないか。

このほか、中国で興味を引かれるのは偽物屋である。これも変な話なのだが、中国は今共産主義国家でありながら、一方で大変な市場主義のもとに置かれているが、こうした奇妙な共存状況をあたかも反映するかのごとく、店の裏に回るとルイ・ヴィトン、プラダなど有名ブランドの偽製品が並んでいたりする光景にぶつかる。どれもなかなかよくできた製品で、値段もお手頃。表の店と裏の店の両方を経営するオーナーの笑顔には悪意の心情など微塵も感じられず、スカーッとしていた。

鳴門海峡

不順な天候の合間を縫って、大鳴門橋の下を渦巻く大渦潮の光景を見に行った。今年四月八日に亡くなった義父の妻、僕から見ればばあさんの気分転換を図ることも目的の一つだったが、その目的は旅行中、何を見るにも新しい発見があるかのようなばあさんの喜びようで、達することができたのではないかと思う。

一泊二日の今回の旅では、女房がばあさんとパーキンソン病患者の僕と二人の体の調整管理役、そして僕の車椅子を持ち先導役になった。女房の実家のある岡山から、波あくまで静か、海面はつかの間の夏の日差しを浴びてきらきら輝き、まるで癒やしの雰囲気を漂わせる瀬戸内海を眼下に見ながら、マリンライナーは四国・高松へ。高松からは鳴門方面へ向かう高徳線に乗りかえ、引田まで。そこからは交通事情が今一つだったのでタクシーだった。その日の宿泊先まで、全体の所要時間は約二時間と意外にはやかった。

しかし、いかに短時間で着けようと、大渦巻きが見られるわけではない。潮流、時間帯などさまざまな条件がそろって大渦潮は発生するのに、そんなことは気にせず出かけた僕たちが幸運だったのは、たまたま大渦巻きの発生する条件が重なり合っていたことだ。当日は、大渦巻きが見られなかったときの旅の話題つくりとして、食堂「びんび屋」へ行った。取れとれの魚などを安く食べられるという、全国的に有名な店だ。

これだけのことをして大鳴門橋方面へ向かったが、時間はどんぴしゃり、海峡の向こう岸近くでは帆船が大渦に翻弄されながらも必死に舵を取って前に進もうとしている得がたい光景も見られた。

一泊二日の旅であっても世話になった団体、人々は数多い。その最初にあげなければならないのは、リゾートトラスト株式会社だ。全国に幾十もの会員制滞在型総合リゾート施設を持つ同社は、サービス事業として交通体制の十分に整っていないところをカバーする。パーキンソン病患者、障害者はもっと旅を楽しもう。そのためには車椅子がもっと持ちはこび便利にならないといけない。今僕の車椅子で一一キロ。この重さなんとかならぬか。

ホスピタリティ

僕が最近旅先で経験した物事のうち、最も印象に残ったことを紹介しよう。いきなり核心に迫ると、それは「大の大人のやることか」と、どこからか石でも飛んできそうな部分を含んでいるのだが、パーキンソン病患者のなかには僕が最近体験したことが旅行を躊躇する理由になっている可能性があるので、話そう。

僕は最近旅行して、上海のヒルトンホテルに投宿。よほど疲れていたのか、ぐっすりと寝込んでしまい、めざめたのは、あることが終わったあとだった。放出感だけが残っていた。

さあ、明け方までこれから先のことを考えると眠れなくなった。傍らで女房がすっかり汚れてしまったベッドをごしごし洗っている。一体いくらの料金の請求があるのか、気にかかって仕方なかった。法外な請求をされはしまいかと心配で仕方なかった。見当もつかなかったからだ。

ところがその日夕刻に再びホテルに戻って部屋に入ってみると、きちんとベッドは整っており、さらにバスルームにはベッドパットとシーツが一組置いてあった。これがホテル側の対応だった。僕は負けた、と思った。歴史のある資本力もある世界中に施設を持つ大ホテルだからこそこうなるのだ、などといってしまえばそれまでだが、その時僕は、これがホスピタリティの実践ではないかと思った。

さらにこのほか空港でも、職員が車椅子に乗った僕に「トイレはいいですか」「買い物はどうですか」とさかんに気を使ってくれた。搭乗口の椅子のそばで実際に無事に搭乗するまで帰らずにいてくれた。おかげで僕は心配しないで快適な旅行ができた。

上海で帰りの空港まで案内してくれたガイドもよかった。前回の上海ではガイドに従って搭乗の前にスーツケースと一緒に車椅子を預けてしまったのだが、そのあとガイドはさっさといなくなり、航空会社の車椅子も貸してもらえず、あとまだ一キロメートルほどもあろうかと思われた搭乗口までの道のりを動けない状態でどうやって行こうかと往生した経験がある。今回も車椅子は航空会社側が用意することを条件にスーツケースと一緒に預けた。ところが代替の車椅子を持った職員はなかなか現れない。すぐそばに車椅子がいくつも並んで置いているにもかかわらず、その車椅子は貸してもらえない。その時、現地ガイドは他の旅行者の世話をしながらも僕らのところに何度もやってきて、粘り強く職員相手に交渉をしてくれた。こうして飛び立つ前に機内の席に滑り込むことができた。機内移動用に小さい車椅子も貸してくれた。

著名人

パーキンソン病患者の症状、その進行具合は実に多様であり、個人個人によって大きく違う。しかし僕が二十年以上もこの病気と付き合ってみて改めて感じるのは、ストレスがいかに大きな健康上の影響をパーキンソン病上にも与えるかということだ。そしてこのストレスを肩に感じる原因に「生真面目」という個人の性格的性向があるような気がするのだ。遊び心がたりないのかもしれない？

ここでパーキンソン病だった著名人を見てみよう。パーキンソン病患者数は、現在の超高齢社会では人口一〇〇〇〜二〇〇〇人に一人で、まだまだ高齢化の進展とともに有名人の患者数はこの先増えそうだ。症状は振戦、筋固縮、無動、姿勢反射障害の四大症状が特徴とされているほか、自律神経の働きが障害されるため全身にさまざまな症状が出る。

患者はまじめな性格の人が多く、日本人では昭和天皇、岡本太郎（画家・美術家）、夏目漱石（作家）、家永三郎（歴史家・教科書裁判で有名）、三浦綾子（作家）、E・H・エリック（タレント）などがいる。三浦綾子はその著書『介護の時代』の中で、パーキンソン病体験に触れ、「私はパーキンソン病になって、実に多くの人の手を煩わす身になってしまった」としたうえ、介護とは特別に何かをしなくても、言葉だけでかなりの介護の働きをなしていると、言葉の大切さを改めて説いている。このほか世界に目をむけると、前ローマ法王ヨハネ・パウロ二世、ボクシング元世界チャンピオン・モハメッド・アリ、ビリー・グラハム（伝道師）、アドルフ・ヒットラー、マイケル・J・フォックス（俳優）、毛沢東らがいる。パーキンソン病の患者を見ていると無理をしているところが多い。お互いただの人なのだから、もう少しゆっくりと行きましょうや。

自分の病気について考えると調子が悪くなる

僕自身が難病、パーキンソン病についての体験談、「僕の神経細胞」を「シルバー新報」に書き始めたのは平成十八年一月ごろからだった。それまで僕は、自分が劇的体験と思った「ＩＣＵシンドローム」のほか、自分の体験をテーマに内側から描いた原稿は書かなかった。むしろ自分の体験については強いて書かないことが多かった。

「僕の神経細胞」執筆には、意外に時間を要した。そう簡単にはいかなかったのである。頭の片隅に浮かんでくること、自動筆記よろしくそのまま全て書き留められればそれで済む、というような簡単な話ではなかったのだ。記録を完全に再現しようという試みは、僕に多大な労力と時間を必要とした。古い話のディテールはすでにぼけかかっており、それらに化粧を施し、間違いもなく再現するのはそれこそ匠ならざる者にとっては至難のわざだった。

難病にかかっていることを書かなかったのは、あまり他人には知られたくなかったことや、人はどのように正確な情報を手に入れたとしても興味本位の域をなかなか克服できないので、こちら側から強いて教えてあげる必要もなかったこと、などが理由だった。

パーキンソン病については、高齢社会の中で患者が増えつつあるといわれながら、パーキンソン病の見方は意外に単一色で、症状は個人によっていかに違うかがあまり知られておらず誤解されている点も多い一方、分からない分野もあって、そうした点にも関心を持ったのだ。

二十数年前パーキンソン病として病名が確定されて間もないころ、僕はこれからどうなるのかという不安もあってパーキンソン病に関する新しい情報を探した。その情報を書き留めるため僕は筆を執り、筆の先に力を込め、さあこれから書こうというとき、決まって体調がおかしくなるのだった。当時はそれほど症状が進行していなかったにもかかわらず、体が全く動かなくなってしまった。僕は心のメカニズムは理解をしているつもりだったので、体調がおかしくなる理由が当時は分からなかった。

今は調子がよければ楽しく自分自身と向かい合うことができるが、昔は本当に気分が悪くなり、鎖につながれるような気分になった。いざ自分自身と向き合うと、いつも気分が悪くなるのだった。

本来自分を知ることは難病の自分の置かれた状況から心が自由になることであるので、今僕は「僕の神経細胞」を書くことでありのままの自分を表現することが楽しみにさえなりつつある。気分を悪くすることもなく、心は軽くなり、気持ちも晴れ晴れとなってきた。

第三部

夢がかなうかも

新しいパーキンソン病治療法が患者を喜ばせている。これまでパーキンソン病患者の夢でしかなかったことがようやく夢ではなくなり、現実味を帯びて語られるようになってきたからだ。

ただしこれまでは、最初は大きな夢を与えておいて最後はどうなったかはっきりしない研究もあった。例えば鳴り物入りで始まったゲノム計画は、その後どうなったのか。各国が自国のめぼしい施設を使って互いに成果を競い合ったが、それによって遺伝子の解読が完了したものがどのように利用されたのか。

最近の病気の治療法に関するニュースは、ちょっと違う気がする。実態を反映した新しい治療法で、万能細胞研究などは多少実現が遅れるかもしれないが、確実に新しい治療法として確立される日が来る。

特に科学の分野では、名うての世界の一流研究所が持てる力を極限まで出し切って競い合っていく。しかも経済的には特許をめぐる争いでも真剣勝負。これだけ本気になっていて夢がかなわないということもないだろう。

曙光

医学・医療の領域の風景が、ここに来て大きく変わりはじめている。その変化はある日突然やって来たかのように見えるが、幾多の地味な成果の積み重ねがもたらしたものだ。変化は再生医学と呼ばれる基礎医学の分野でまず現れた。

京都大学医学部の山中伸弥教授らのグループが、ヒトの皮膚からあらゆる生体組織や臓器に成長する能力を持つＥＳ細胞の新ｉｐｓ細胞（人工多能性幹細胞）を作るのに成功したのである。ここ数年の万能細胞についての研究では、胚性幹細胞（ES細胞）からの研究が進んでいた。しかし、その際使われるES細胞の材料となる発生初期段階の初期胚は受精卵を壊して作るため、生命倫理の立場からの反発があり、さらに、他人の受精卵を使うため免疫の拒絶反応の問題は避けられない問題として残ってしまっていた。またES細胞として生体外で増殖させつづけると染色体異常、遺伝子異常が生じて次第に蓄積されてゆくことが明らかになってきていた。このため医療への応用は樹立後間もない株に限られるようになっていった。

このような状況の中で患者が病気一切を医師に丸投げするようなことなどあれば、大きな問題だ。

遺伝子治療

パーキンソン病は、脳内の神経伝達物質ドーパミンの産生が二〇％以下に減ってしまうと発症する。でもドーパミンそのものを服用しても、ブロックされて脳に入っていかない。そこで一般に脳内に入りやすいL－ドーパというその前駆物質を服用している。僕も初期にはこれが良く効いて健常者のときのように振舞うことができ、十数年はかなりハードな編集の仕事もできた。

ところが僕のように長い間服用している患者は、L－ドーパをドーパミンに変換してくれる酵素（AADC）などがだんだん作られなくなり、薬の効果が弱まってしまう。だからこの酵素を増やす必要がある。その酵素を作り出す遺伝子を組み込んだアデノ随伴ウィルスベクター（AAVという運び屋）を脳内の線条体に注入するという考えがある。このベクターは人に対して病原性がなく安全だといわれている。

この考えでは線条体でＡＡＤＣが合成されるようになり、できた酵素によってＬ－ドーパがドーパミンに変換される量が増える。

パーキンソン病に対するＡＡＶベクターを用いた研究は、米国ではカリフォルニア大学およびコーネル大学で実施されている。このほかに二〇〇五年に神経細胞がどんどん減っていくケースにはヒト神経栄養因子、二〇〇三年に世界で初めて遺伝子治療として行われたものに、ヒトグルタミン酸脱酸素酵素遺伝子などを導入するコーネル大学の研究もある。

自治医科大で平成十九年五月に行われたのも、カリフォルニア大学サンフランシスコ校との共同研究と聞いている。世界中が一緒に研究している。

手術療法

ところで、どうして黒質の神経細胞が減少するかはまだ完全には解明されておらず、医療分野の治療法は、現在、Ｌ－ドーパを中心とする薬物療法を基本に、手術療法などがある。

手術療法には、定位脳手術（脳凝固術）と脳深部刺激術がある。定位脳手術とは、脳の視床といわれるところや淡蒼球といわれるところに電流を流し、熱で神経細胞を凝固・死滅させる方法。振戦や筋固縮、ジスキネジア（不随意運動）などに有効とされる脳深部刺激術は、視床下核に電極を埋め込み、電気刺激を送って過度に流れる情報を遮断する方法。

この手術療法の特徴として、手術の効果はＬ－ドーパに反応する患者にしか見られないということがある。さらにさまざまな薬物療法でどうしても制御できない運動症状の波動を軽減する、具体的には波動の底の部分をＬ－ドーパがよく効いている状態にまで持ち上げる効果、「底上げ効果」がある。オフ状態が軽くなる。さらに、Ｌ－ドーパを中心とする薬物療法の効果とほぼ同じ効果を出すことができるので薬の量を減らせる効果があるといわれている。

ＤＢＳ（脳深部刺激療法）の現状と課題

薬物療法が中心のパーキンソン病治療の中で、最近話題を呼んでいるのがＤＢＳ（脳深部刺激療法）だ。日本でこれまでこの方法で治療を受けた人はおよそ三〇〇〇人。全体としては九〇％の人はその効果を認めているという。

ＤＢＳは、胸元に埋め込んだ刺激発生装置から皮下を通したコードを介して脳内の大脳基底核、なかでも視床下核あるいは淡蒼球に電気刺激を送って、振戦、筋固縮、ジスキネジアなどのパーキンソン病の症状を改善する。もともと似たような手術療法はあったが、脳組織を破壊するというイメージが強かったので、手術の評判は今ひとつ広がらなかった。

DBSが話題になっている背景には、ドーパミンアゴニスト（補助薬で、ドーパミンに代わり脳内のドーパミンの作用点を刺激する）の副作用問題があるといわれる。アゴニストでも心臓弁膜症など心臓の病気、突発性睡眠、病的賭博などの副作用のあることがわかり、薬物療法の限界が見えはじめているためだ。

DBSの効果についてはジスキネジア、ふるえ、姿勢反射傷害などパーキンソン病特有の症状や症状の日内変動が大きく激しい人に対しては、ある程度の症状軽減に効果がある場合もあるという。

DBSなどの効果は、よいことばかりではない。ジスキネジアに対しては大幅に軽減できるが、電極のズレでうつ状態が引き起こされるとか、二%の確率で脳出血が引き起こされることも指摘されている。

ＥＳ細胞に集まる関心

さらに私たち難病患者や患者を抱える家族らの熱い期待を集めていたのが、ヒト胚性幹細胞（ＥＳ細胞）だった。

ＥＳ細胞とは、受精し細胞分裂の始まったばかりの初期細胞のことで、どのような役割の細胞に分化していくかは、ＥＳ細胞が植え付けられた環境、細胞社会のあり方にもよる。病気や事故で損傷した臓器や神経などを修復するのに役立つとされ、パーキンソン病の場合はドーパミン産生細胞の作成が考えられている。

これまで、中枢神経系の細胞はいったんできあがると再生しないということが定説となっていたが、ＥＳ細胞の細胞分裂、その常識がＥＳ細胞の研究の進歩とともに崩れ去り、哺乳動物の中では中枢神経が再生することが国際的にも広く認知されるに至り、その結果再生医学の道がはっきりしてきた。

京大の山中教授らのチームが作り出したＥＳ細胞は、他人の細胞でなく患者本人の細胞を使うため、これまでパーキンソン病治療で論議されてきた倫理上の問題もクリアできるほか、ドナー不足の素材の問題も解決できることが期待される。

ただし、ＥＳ細胞は分化の過程をめぐることが予想されるものの、何かの拍子に分化に向かわず、際限もない分裂を繰り返し、ガン化の道をたどる恐れもあるので、絶えず注意が必要だ。

しかし、それにしてもそう人が考えるほど簡単にことは進むかどうか。問題のうち重要な部分は絶えずクリアできないまま後回しにされることがあるからだ。

初めのうちは成果をあげていたのが、将来の予測が描けなくなることがある。医学研究とその実用化をめぐっては、タイムラグはおろか内容についても大きな差があある。このことは「パレート最適の経済理論」で有名なパレートがすでに指摘していることである。

今後はわれわれ国民、患者側は、これまで以上に医療の考え方に習熟し、再生医療の進展をしっかりと見守る必要があるだろう。

薬物療法

パーキンソン病の治療は、現在、薬物療法、なかでもL－ドーパを中心とした療法が主流だ。しかし今現実の医療の場で問題となっているのが、長期間にわたるL－ドーパ療法がもたらす副作用である。関係者なら誰もが感じているジレンマだ。

L－ドーパは、これからドーパミンが作られ、脳内に足りないドーパミンを補充するため開発された薬であることはすでに説明してあるが、だから患者にはL－ドーパは必要とされる。しかし、L－ドーパがいかに効果のある薬だとしても、長期服用者には深刻な精神的副作用が出るし、確立した薬剤使用法もいまだにないのでは頼りすぎは危険だ。治療に使われる薬の量の限界は個人によって違うが、目安は幻覚を見るようになったときだというのも、まるで患者まかせだ。

新薬開発も行われてはいる。しかし、気になるのは、開発中の薬はＬ－ドーパにとって代わるのではなく、むしろ効果を高めようとの発想が強い点だ。

例えば、ドーパミンアゴニストは脳内で神経伝達物質のドーパミンを受け止める受容体を直接刺激し、Ｌ－ドーパと似たような作用を示すので、Ｌ－ドーパの補助薬として併用。現在このために開発されている薬にパーロデル、ドミン、ペルマックス、カバサールなどがあり、長期に飲んでも不随意運動や日内変動など副作用を起こさない。ＭＡＯ－Ｂ阻害薬は脳内ドーパミンの分解を防いでドーパミン濃度を上げる。このほかにも新薬の開発は続いており、新薬を使って最初からＬ－ドーパを使わずいけるところまでいく療法も出てきた。しかし、根治治療に役立たない限り結局はＬ－ドーパに頼るという構図は変わらない。

ところで僕の場合、今回の改定で、三度から四度に要介護度が上がった。介護保険としてみればそれはそれでよいのかもしれないが、それほど喜べない。これまで介護保険で使えたお金のうち僕が実際に使っていたのは、使えるほんの一部。一カ月一回の虎の門病院での定期検査に必要な交通費くらい。四度になっても、パーキンソン病患者用の僕に合った社会的インフラ整備や施設つくりが不十分な段階では、有効には使いようがない。介護保険には無駄が多いのではないか。

iPS細胞に期待

その日、僕は都内にある、ある大学医学部生理学教室の一室で、パソコンの画面を何度も何度も見ながら、寄せては返す、まるで波のような感動に浸っていた。画面は一回一〇分もかからぬほどで、中年の女性が、建物の中を行ったり来たりする内容。アングルは往路も復路もともに人物の動きのすべてが表現されていた。

往路は、十年前のまだパーキンソン患者だったころの老いさらばえた彼女の姿。一方、復路は現在の堂々として健常者と変わらぬなめらかさで歩く彼女。その二つの姿の差に、特に驚かされた。とても同一人物とは思えなかった。

じつは一九八七年、スウェーデンのルンド大学では、世界で初めてのパーキンソン病患者に対する胎児中脳移植手術が行われたのだ。

手術は成功したように思える。なぜなら当時の執刀教授が術後、つぎのようなことを発表したからだ。結論――細胞移植は、パーキンソン病の脳機能の回復を起こすことができる。問題点――ヒト胎児組織の量的制約。移植する細胞の標準化、純度、生存率の規格化。倫理的問題、等々。

医学の世界では、各国でしのぎを削って展開される研究競争の評価は、研究テーマの問題解決に一番乗りするかどうかだ。二番、三番は評価の対象とならない。トップになることだけが最初から期待されている。

ところで、パーキンソン病には最終的に完治させる薬がないといわれる。Lｰドーパ中心の薬物療法が今も行われている。こうした中で、今最も期待される治療法は、つい最近京都大学の山中伸弥教授らのグループが世界で初めて成功した新しい万能細胞ということになれば、これはパーキンソン病のみにとどまらず医学医療界が一変しかねない可能性を持つ出来事といえるだろう。

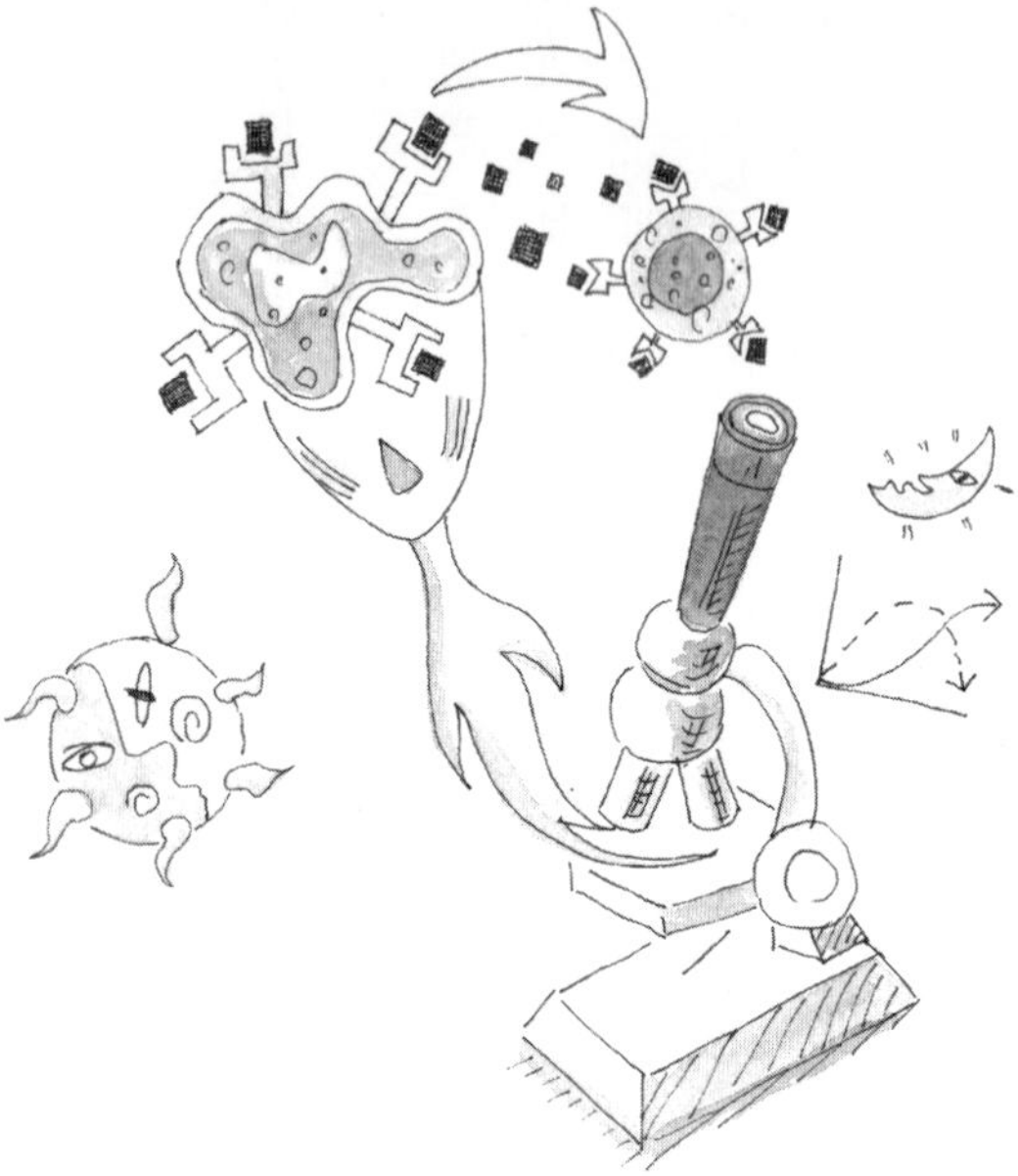

ほかの病気は大きな負担

パーキンソン病患者にとって、手術が必要なほかの重度の病気を抱えることは大きな負担になる。この僕も一昨年胃の噴門部に腫瘍が見つかり、内視鏡による患部の除去手術を行った。

方法は、円筒状になった腫瘍細胞のその中央部分を摘み上げ、その下をスライスして切り取ってしまう。

ところが実際の手術では、内視鏡の先端が血管に触れて血管が破れ、出血。手術医は出血部位を金属製のクリップで留め、手術を一旦やめて、改めて患部をレーザーで焼ききることにした。

僕のようなパーキンソン病患者にとっては、内視鏡で最小限の肉体的負担ですむことは非常にありがたい。これまでのような体をメスで開く大手術だと、切り取る部分が大きいため、術後も強い酸性の胃液が口元まで上がってきてしまう。これを避けるためには、絶えず状況に応じて体位を変える努力をしなければならないのだ。寝返りさえいつできるかわからないのに体位変換に絶えず気をつけていなければならないというのは、大変なことだ。

そのうえ、レーザーで腫瘍を焼ききろうとする場合、レーザーを照射された胃壁は潰瘍化するので、酸性度の高い胃液にさらされていたのでは治りにくい。早く傷口が治るためには胃液の分泌は少ないほうがよいのだが、このことがＬ－ドーパの効き目にかかわってくる。Ｌ－ドーパにとってみれば酸度は強い方が良いからだ。このようにパーキンソン病であることはほかの病の治療方法にも大きく影響するのだ。

そううまくはいかない――パレートの法則

人は誰でも、立てた計画がそれこそ予想以上の効果をもたらすという願望や期待を持っているものだが、ことはそううまく人が考えているように運ぶだろうか。人は自然の支配者でもないのに、思惑どおりにいくのだろうか。

もともと人は自分で解決できる問題あるいは課題しか出さないといわれる。病気でも、初めのうちは二〇％の力で八〇％の成果を得る効果を上げる。しかしそのうち、簡単に成果を上げることは難しくなる。八〇％の努力をしてもそれこそ二〇％の成果も上げられなくなる。これをパレートの法則という。あの経済学上で有名な「パレート最適」で知られるパレートの考え方だ。

例えば、鳴り物入りで全世界で始まった、あのヒトゲノム計画を思い出してみよう。遺伝子レベルの塩基配列が分かったが、それによって医療の実践でなにが変わったか。当初は右肩上がりで直線的だったが、それが時の経過とともにいまや先はどこへ行くか分からない。物事は先へ行けばいくほど非効率で達成するのが難しくなるというわけだ。理論とその実用化の間に横たわる川は架橋するには時間もかかる。

再生医学についても患者達の持つ熱い期待とは別に、道は険しく危険に満ちているのではあるまいか。僕も含め患者達の思いが少しでも新たな段階に進むことを願う。

パーキンソン病とストレス

パーキンソン病の患者にとって、特にストレスは症状を進行させる大きな要因になるといわれている。そしてパーキンソン病の原因にかかわる黒質の神経細胞の減少については、酸化ストレス説が有力な仮説の一つとしてある。

僕たちの体を作っている細胞一つ一つの中には、細胞の生存に必要なエネルギーの生産工場といわれるミトコンドリアがある。ところが、細胞がストレスを受けると、このミトコンドリアによってその細胞の生存に必要なエネルギーを作り出す際に必要な酵素蛋白複合体というものが減り、十分に必要なエネルギーを作り出せず、黒質の神経細胞で細胞を傷つけ、老化の原因ともなる活性酸素が過剰状態になっているのが分かってきたが、同じことがパーキンソン病の細胞の場合も見られるという。

過大なストレスの負荷を受けた場合とパーキンソン病になるのとでは、細胞社会レベルでは同じような組織変化をもたらすわけだ。例えば僕の場合、パーキンソン病と分かってからも、一九九六年十一月に長野県・佐久総合病院に故若月俊一院長を取材しての帰り、助手席にシートベルトをして僕が乗っていた車が、中央高速道の追い越し車線で、自損事故を起こして前方の道路をふさいでいた乗用車に衝突。僕はすぐ脇の車のドアを蹴破って車外に出た後、救急車によって近くの県立病院の

ＩＣＵに運ばれた。すぐＣＴによる検査が行われ、内臓から出血、言い換えると内臓破裂の起きていることが分かると、緊急手術に入った。そのとき僕の生命は極めて危険な状態にあったので、家族には術前に連絡しておいてくれたが、家族は結局、手術には間に合わなかった。

このときの様子は、「中央公論」一九九七年八月号（ＩＣＵ重症患者を襲う恐怖）にくわしい。

このときの体験は非常に大きな意味を持つもので、自分が被ったストレスも大きかったが、これによってパーキンソン病の病態が進んだという認識は、僕にはなかった。だが一方では僕には体のみぞおちから下腹部まで切り裂いた跡が残り、すっかり寒さに弱くなってしまった。

ＩＣＵシンドロームに
パーキンソン病患者は耐えられるか

　ＩＣＵシンドロームとは、最新の医療技術を備えたＩＣＵ（集中治療室）で患者が陥る精神の錯乱状態。僕はパーキンソン病にかかっていると診断された後七〜八年経ってから、長野の佐久綜合病院に故若月院長を訪ね、帰る途中の中央高速道の追い越し車線で、僕が助手席に乗った車が自損事故で道路をふさいでいた乗用車に激突。僕は内臓破裂で死の一歩手前まで行った。

　緊急手術が真夜中に行われ、僕は手術が終わったとき、生きるために必要な薬や栄養分につながるチューブが体の各所にぶら下がり、まさに重体といってよい状態だった。今でもあのとき死ぬはずだったと、笑い話のように話すときがある。

ＩＣＵシンドロームは、幻覚を主な症状とする。なかにはそれによる精神錯乱のまま亡くなる患者もいる。しかし僕は幻覚が幻覚と分かっていたので、幸いにも精神錯乱の一歩手前でかろうじて意識をはっきりさせておくことができた。医師は六カ月入院が必要だといったが、僕はＩＣＵシンドロームが続くようであれば事故による傷口も治らないと勝手に判断し、体から最後のチューブが取れた直後、主治医に「退院しますよ」といって、治るものも治らないといって十一日目に退院してしまった。

当時、僕のストレスは最大に達していた。パーキンソン病にはストレスが良くないといわれているが、私も何か影響が出るかもしれない。ただストレスの影響については計る機械がないので仕方がない。あれほどまでに大きな事故だったのだから、影響の残らないはずがないのではないか。だが当時の僕としては病院のベッド上の生活には限界が来ていた。

かかりつけ医は大切だ

僕たち普通の人間が日々病気や怪我の治療でお世話になっているかかりつけ医や街の医師たちが行っている多くの医療判断、例えば風邪の患者を風邪と診断したりといった場合の、正しさを根拠づけるのは医学の科学性にある、と専門家たちは考えている。だから一時期、医療機関が隠していた医療ミスが次から次に明るみに出されていたころ、医師会を中心に医療を支える根拠として、医学そして医学の現実への適応である医療は、ともに科学である、という言い方がされていた。科学である限り間違いはないとの確信だった。

しかし、僕たち患者にとっては、白衣を羽織った医者はもともと魔術師の世界も持っていて、その世界は当たるも八卦、当たらぬも八卦、というような世界もありという分野であるように、僕たちは感じている。だからこうしたなかで、一つの考え方がその時代の医学的考え方全体を呪縛し、医学、医療の進歩、発展を一部でも阻害してしまうことになると、「おいおい、魔術師のおっさんはいつからそんなにえらくなったんだい」といいたくなる。

例えば、僕より前の世代は大学受験生時代、ほかの末梢神経が再生しても哺乳動物の中枢神経については絶対に再生しないと教えられたはずである。この一世紀も前の詳細な研究に専門家は呪縛され、そう信じこまされていたのが、最近になって、この定説はくつがえされ、中枢神経は再生能力を持っていると考えられるようになった。そのうえで、現在新しい医学としての再生医学の道がはっきりしてきた。

中枢神経の話といえば、パーキンソン病とも関係なくはない分野の話だ。僕には医師があまりに高みに上がりすぎ権威的に振舞った結果、こうした呪縛に多くの医師がとらわれすぎると患者の治療に益するところはない、と思うのだが。

介護度――理解の難しさ

介護保険の介護認定をめぐっては介護・医療関係者、さらにかかりつけ医といわれる医師が参加、各地方自治体が主催する審議会で決定している。およそ八〇にもわたる質問に対する回答、さらに医師の見方などによって、介護度が決まってくる。

パーキンソン病患者の場合、治療の標準化が難しいことや、個人個人によって症状の現れ方が違っており、質的差異の判定がしがたいので、度数分けは最も困難である。その質問に対するほとんどの判定項目で、僕は一日のうちでできるときもあれば（〇）からきしできないときもある（×）なのである。聞き取りに来る担当職員も、その旨報告文書に特記している。

僕の場合当初は介護度二だったが、ここ五年で介護度四と変わった。このところ一日のうち時間的に半分以上が（×）となった。今では、このオフのときは姿勢も維持できない。一日のうち（〇）オン、（×）オフを繰り返しているから、聞き取り調査のとき動ける時間であれば、健常者と変わらない。波の様子が分かるように一日のオン・オフの状況を記録しているので、担当職員に見てもらっている。

介護度が高くなってそれでよいかというと、自分の欲しいサービスがあるかどうかが介護保険制度が役立つかどうかにかかってくる。僕の場合、進行性の難病に使える金が増えたが、それほど喜べない。これまで介護保険で使えた金のうち、僕が実際に使っていたのは、月一回虎の門病院へ診察・検査に行くときに付き添いにヘルパーをお願いすることぐらい。

パーキンソン病に関しては、残念なことに、日常では介護保険制度にお世話になることはあまりなさそうだ。

医師不足はどのくらい深刻か

最近、公立病院で医師が足りず、それこそ五千万円、六千万円を包まなければ確保できないという声を聞く。確かに小児科や産科等の診療科、どうしても医師は都会にいたいといった地域偏在などのため、ある部分に限って医師がいないということは、僕もありえると考える。

昭和四十五年以降の厚生労働省が支えとした医師需給の数字は、医師は人口一〇万人対一五〇人。この数値はヨーロッパなど先進国と比較すれば、多少高いが、一方で日本の医療の効率性についてはよくいわれるところである。

こうした中で国が行ってきたのは、医師需給をこの数値からブレさせないことだった。したがって国にしてみれば、医師数については過剰ぎみに推移するはずだった。無医大県解消のための自治医大の開設も、当初の計画はクリア、同大卒業生の行くべき辺地はなくなり、保健所が彼らの吸収先になった。

さらに医学・医療界を変えたのは、古くから医師の人事権を握っていた医局（大学の医学部）の力の後退によって、教授の考えたローテーションによって若い医師の仕事場を勝手に変えることができなくなったこと。このことが大学の関連病院、私立の病院を強くし医師需給を緩和した。医師が流動的になったのだ。

こうしたことがありながら今また医師不足がいわれているのは、これまでの適正数が適正でなかったということだ。それでは適正数の計算式がどんなものかというと、本当ははっきりしていないのだ。厚生労働省が適正としたものが適正なのだ。

毎年一兆円ずつ膨らんでゆく医療費を考えれば、まず同省が財源の問題を先に考えるのは容易に理解できることだ。医療費の財源確保こそが先と、国は考えるかもしれない。

介護保険にしても、このように危機的状況にある医療費負担を少しでも軽くすることが狙いの一つだった。ところがその介護保険も費用は膨らむばかり。適正な医師需給とは何人か、この答えが出ないことには、正しい医師対策は出ないのだ。

パーキンソン病患者に対する社会保障サービスとは

パーキンソン病患者の生活の質や実際に置かれている状況を考えるとき、困るのはその結論に至るのに必要な資料、根拠、情報が少ないことだ。パーキンソン病は超高齢社会が進むにつれ社会の中で大集団を形成してゆき、身の周りでは増えるにもかかわらず、同病そのものについてはいまだによく知られていないのだ。世間ではパーキンソン病というと単純な症状の病気と考えてしまうこともある。しかし実は次のようなことさえもはっきりしていないのだ。厚生労働省健康局では、公費負担医療の立場から、パーキンソン人口をおよそ八万六〇〇〇人と決めている。また日本医師会では現在一〇万人当たり一五〇人の有病率を基礎に、全体で一二万人と推定。このほかに一万三〇〇〇～一万五〇〇〇人で計算するケースもあり、何を強調するかによって分母のパーキンソンの患者人口が変わってくる。これは何とかならないか。

パーキンソン病患者については、全国パーキンソン病友の会の結成三十周年事業としても実態調査が行われ、それが患者の編集本や専門家の絡んだ医療・保険、福祉サービス利用に関する利用報告書としてまとめられるなどしているが、正確で多角的にとらえられた情報はまだ少ない。現在も機関によってアンケート調査を実施しているところもある。今後の成果に期待されるところである。

介護報酬

介護保険における介護行為の対価である介護報酬は、医療の場合のそれである診療報酬と方法、手法ともにそっくりであるために、介護保険の制度の新しさがあまり感じられない状態だった。

僕は介護保険の成立前後のどたばたから新しい意味を持つとてつもない改革など不可能と見ていたが、やはりと言うべきか、ヘルパーの確保や介護保険制度の将来についてどうなるかということについては、不確定要素が多すぎるとも言われている。

持病のパーキンソン病の検査が毎月一回虎の門病院であるので、そのときは、僕も介護保険でヘルパーを調達、同病院と家との往復に事故のないように気をつけている。地下および地下鉄が発達している日本では段差、階段が多く、途中車いすだけだと事故の心配も考えられるためだ。しかし見ているとパーキンソン病患者を介護した経験を持つヘルパーは少なく、誰も積極的にはパーキンソン病患者を介護の相手にしたくはないようだ。

ところでこうした事情の上に今ヘルパーが足りなくなり、すでに介護施設によっては、ヘルパーが辞めるために経営が立ち行かなくなっている状況が出てきている。足りなくなっているのは障害者入居施設やグループホームに多く、原因は職員の報酬問題など経営の難しさが大きな影を落としている。

これはかなり深刻な問題で、国会での予算審議に出てきているが、こうした高齢化社会でマンパワーの問題を考える場合に大切なことは、現実に即して考えると理想を前提としてはいけないということではないだろうか。

わが家のケースを例に取ると、僕は要介護度四のパーキンソン患者だ。いまや進行が遅いとはいえ二十年来の病気の症状は、状況によってはっきりと現れ、毎日僕や家族を悩ませている。このままでいくと家族の負担は日を追って増えるばかりで当事者には逃げ道がないのだ。

人間である以上、心のストレスも溜まる。特にパーキンソン病にとってストレスの問題は大きいと言われる。いやストレスの問題は家族だって同じだろう。そこでわが家では日々の介護の問題を手っ取り早く解消するため、介護行為一つ一つに勝手に値段をつけることにした。あなたの家庭はどうしていますか？

おわりに

これまでの僕の説明やパーキンソン病の話を聞いて、読者は気付いたに違いない。難病が難病たる所以はその時代、人々が何の疑問も抱くことなく難病という名のファイルにその病を入れてしまっているからではあるまいか。医師はひたすらに患者の日常生活から出た声にもっと真剣に耳を傾けるべきではないか。しなやかな知性を持って、その時代の権威を疑うことではあるまいか。病は気からというが、パーキンソン病のような難病の場合、読者も気を強く持つことが大事なことである。そして患者はできるだけ明るい気持ちでいるほうがよい。鬱より躁である。

僕は今、京大の山中教授らの作ったあたらしい万能細胞に、パーキンソン病が治るかもしれないという期待を持っている。しかし、これとても、結果が出るまで十年くらいはかかるだろうと関係者は話している。当初はもう少し早く治せるようになるかとの声もあったが、話が具体的になればなるほどゴールは遠のいてゆくようだ。パレートのいうように。いずれにしても医療、医学が国民から真に信用されるためには患者を完治させ、患者、家族らの期待に応えることだろう。

『僕の神経細胞』執筆にあたってはパソコンを使うのが下手な僕にとって家族全員の協力が不可欠であった。理不尽な要求をする僕に不平をいいながらも最後まで付き合ってくれた家族全員と、元々福祉新聞『シルバー新報』の連載企画として始まった時の同紙編集長・川名佐喜子さんに、ここで改めて感謝の意を表したい。

【著者】

杉浦　啓太（すぎうら　けいた）

1948年、東京生まれ。京都大学経済学部卒。元毎日新聞大阪本社社会部記者。1986年ごろから体調が思わしくなく、1989年にパーキンソン病と確定。

株式会社日本医療企画で病医院向け総合情報誌『月刊ばんぶう』編集長、保健・医療・福祉の総合年鑑『WIBA』編纂室長、全国病医院情報編纂室長などを経てフリーに。

論文として、1997年『中央公論』11月号に「ＩＣＵ重症患者の恐怖」、1998年『月刊文芸春秋』5月号に「病院沈没」を発表。著書に『早死にする仕事・長生きする仕事』（宝島社）、『病院沈没』（同）、『病院で殺されないための本』（フリープレス）、『絶対安心の老人ホームを選ぶ本』（東洋経済新報社）など。

現在、福祉新聞『シルバー新報』（環境新聞社）に「僕の神経細胞」を連載中。

僕の神経細胞

――パーキンソン病歴20年の元毎日新聞記者の手記――

2009年　4月　10日　　第1版第1刷発行

著者　杉浦　啓太

発行者　高橋　考

発行所　三和書籍

〒112-0013　東京都文京区音羽2-2-2
TEL 03-5395-4630　FAX 03-5395-4632
sanwa@sanwa-co.com
http://www.sanwa-co.com

印刷／製本　日本ハイコム株式会社

乱丁、落丁本はお取り替えいたします。価格はカバーに表示してあります。

ISBN978-4-86251-057-0 C0095

三和書籍の好評図書

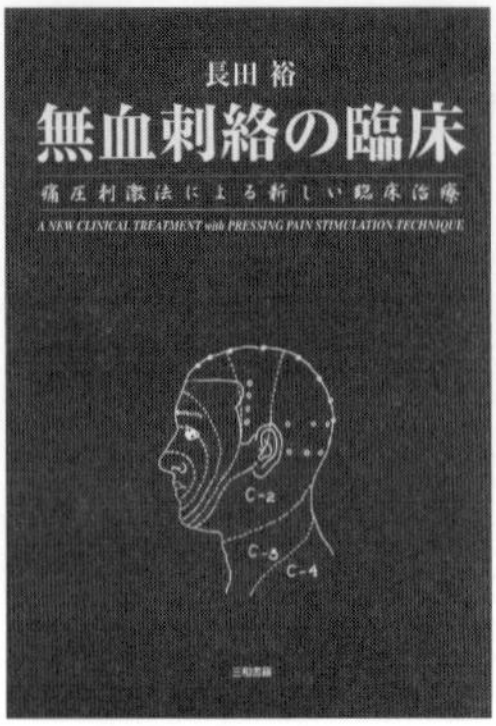

無血刺絡の臨床
＜痛圧刺激法による新しい臨床治療＞

長田　裕著
B5判　上製本　307頁　11,000円+税

本書は「白血球の自律神経支配の法則」を生み出した福田・安保理論から生まれた新しい治療法である「無血刺絡」の治療法を解説している。薬を使わず、鍼のかわりに刺抜きセッシを用いて皮膚を刺激する。鍼治療の本治法を元に、東洋医学の経絡経穴と西洋医学のデルマトームとを結びつけ融合させた新しい髄節刺激理論による新治療体系。

刺鍼事故
＜処置と予防＞

劉玉書[編]、淺野周[訳]
A5判　並製　406頁　3,400円+税

誤刺のさまざまな事例をあげながら、事故の予防や誤刺を起こしてしまったときの処置の仕方を図入りで詳しく説明。鍼灸医療関係者の必読本!　「事故を起こすと必ず後悔します。そして、どうしたら事故を起こさなくて効果を挙げられるか研究します。事故を起こさないことを願って、この本を翻訳しました」

（訳者あとがきより一部抜粋）

三和書籍の好評図書

最新鍼灸治療165病
——現代中国臨床の指南書——

張仁　編著　淺野　周訳
A5判　並製本　602頁　6,200円+税

腎症候性出血熱、ライム病、トゥレット症候群など近年になって治療が試みられてきた病気への鍼灸方法を紹介。心臓·脳血管、ウイルス性、免疫性、遺伝性、老人性など西洋医学では有効な治療法がない各種疾患、また美容性疾患にも言及。鍼灸実務に携わる方、研究者の必携書!

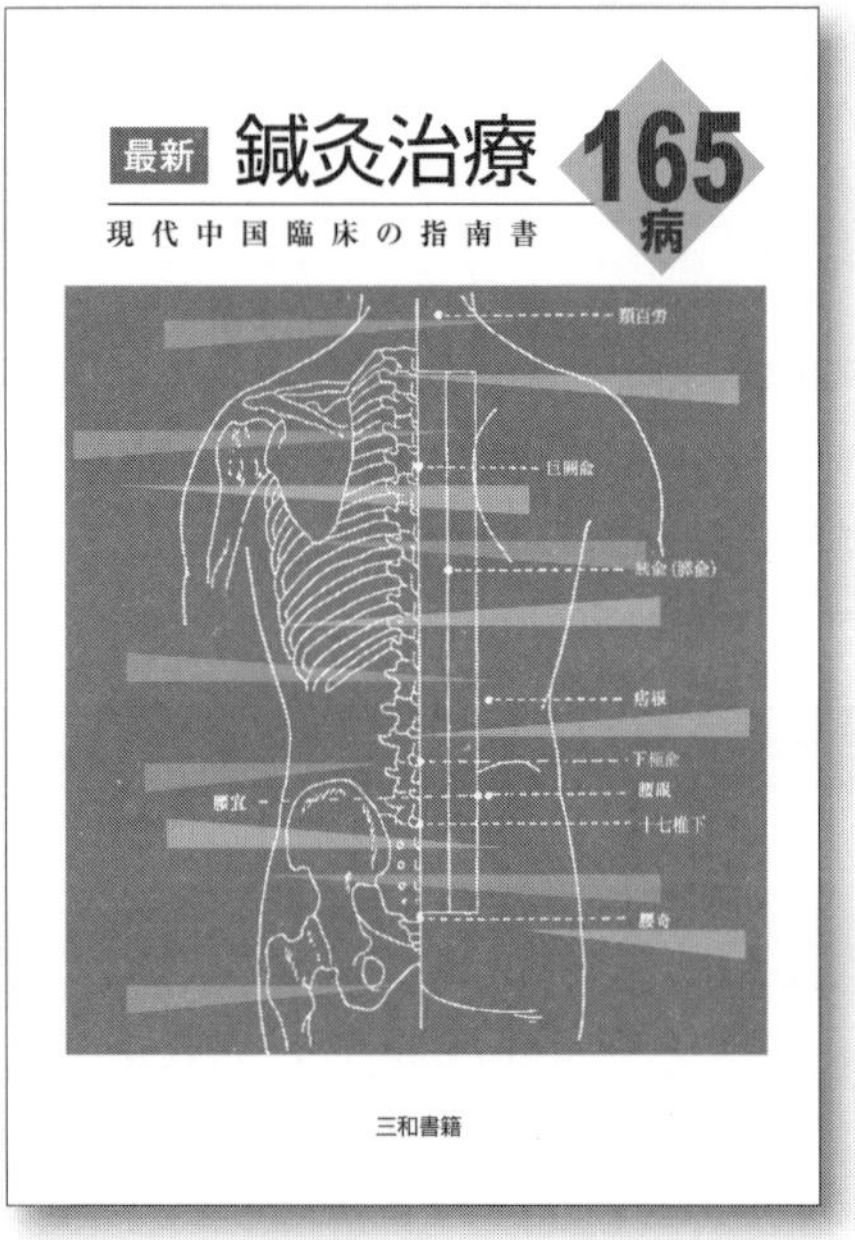

【目次】